愛玩人魚姫

JN267053

乙蜜ミルキィ文庫

愛玩人魚姫

目次

プロローグ　人魚の秘め事

「ひ……や……ッ」

寝室に、押し殺した声が響く。甘い嬌声《きょうせい》だった。本当は、激しい拒絶の叫びをあげたかったが、エリシアにはそれができない。

(わたしは、人魚姫なんかじゃないのに……！)

声は音にならない。さっきからずっとだ。

痛みはないから、そういう種類の悲鳴はあげずに済んだが、痛みのほうがまだマシだとさえ思われた。

「ン……ん……ッ」

絹のシーツに爪を立てて、エリシアは懸命に声を押し殺す。目を開けるとあの憎らしい顔を見ないといけないから、瞼《まぶた》はきつく閉じたままだ。

それでも、あの顔が瞼に浮かぶ。黒い目。黒い髪。何を考えてるのかわからない、表情に乏しい、冷たい横顔。

「思い出したか？」

繰り返される質問に、エリシアは首を振る。

何度も、何度も違うと言ったのに男は——この大国、クロスアティアの王は、まるで聞く耳を持たない。

どうして自分ばかりが正しいと、そんなふうに信じられるのだろうかと、エリシアは呆《あき》れるばかりだ。

（わたしには、こうしてちゃんと、二本の足があるのに）

エリシアは確信していた。彼の言う通り、自分が真実、人魚なら、足はないはずだ。伝説に囁《ささや》かれる、銀色の尾鰭《おひれ》を持っているに違いない。見ればわかることなのに、王はまるで納得しない。

エリシアが、これこそが証拠だと誇示した足にも、男の指が這《は》う。ぞくりとした悪寒のようなものを感じて、エリシアは身を捩《よじ》った。

「も、もぅ……触ら、なぃ、でっ……」

「足も感じるんだな」

平然と言われて、エリシアはかぁっと耳まで紅《あか》くした。悪寒だ、気持ち悪くて鳥肌が立っているのだとどんなに自分に言い聞かせても、他の部分が真実を伝えてしまう。

足を伝い上ってきた指が、太腿《ふともも》の付け根にまで届く。

瞬間、エリシアはぎゅっと太腿をこすり合わせたが、あるはずのない隙間に指は無理矢理侵入を果たす。

剣の柄を握る指は、節くれ立っている。

確かな男の感触に、エリシアは震えた。

「う、あぁっ……」

下着の薄い布越しに、一番柔らかな部分に触れられて、エリシアの吐息が深くなる。

その下着も、この男から与えられたものなのだと思うと、無性に悔しかった。

人差し指の腹で、未通であるはずの部分をなぞられて、エリシアは怖気《おぞけ》立つ。

「や、だ……やだ、ぁっ……」

エリシアが嫌がると、指は案外容易《たやす》く別の箇所に移動した。

が、それで状況が良くなるわけでは決してない。指が移動するのは、大抵エリシアが嫌がる場所だ。

「あぅ……っ！」

柔らかな秘部の上部に、微《かす》かに存在する尖《とが》りをつままれて、エリシアの躰《からだ》は震えることを止められなくなる。

そこを弄《いじ》られると、自然と膝が跳ねてしまう。

(やだ……どうして……っ⁉)

『知らない』はずの感覚に、エリシアはずっと、苦しめられていた。男は何かを窺《うかが》うように、エリシアの反応をじっと見ている。

濡れ事の最中なのに、妙に冷静なその顔が憎らしかった。

男としては綺麗《きれい》な部類の顔だろうが、そんなものはエリシアにとって免罪符にはなり得ない。

「やめ、て……離し、て……っ！」

手荒なことはしないと言ったのに、約束が違う。そのこともエリシアの怒りを煽《あお》る一因だった。

エリシアの細い手首は、男の片手で容易く頭上で押さえ込まれている。オークションで他の男にされたように、鎖や荒縄で縛られるよりはマシだが、それでも腹立たしいことには違いない。

どうせ逃げられないのならと無視を決め込むと、男の愛撫《あいぶ》は淫靡《いんび》さを増す。無視させないためだろう。

「ン、ぁ、ぅっ……！」

陰部の尖りを、執拗《しつよう》に指で弄られて、エリシアのそこは持ち主の意思を無視してひくついた。

下着の中が、熱く濡れていくのが自分でもわかった。それがどういう意味なのかくらい、記憶をなくしたエリシアにだってわかる。

花弁《はなびら》の奥から、ぐぢゅ、と熱いものが溢《あふ》れてくる。

「あ、やだっ、やめ、て、やめてぇっ……！」

「思い出したか？」

頬《ほお》にキスされて、再び聞かれる。殴れるものなら、エリシアは男の横顔を殴りつけたかった。悔しさで目が潤む。

（こんなの、知らない、のに……）

わけのわからないことばかりが続く。あの岬で、目を覚ましてからずっとだ。それより以前の記憶が、エリシアにはない。

（どうして――――）

疑問符ばかりが頭に浮かぶ。自分は一体、何者なのか。この男は、なんなのか。知らなければいけないことが、今のエリシアには多すぎた。

「名前」

男は執拗に、それを求めた。

「名前を、呼んでくれ」

名前。この人の、名前。

何かが頭の中に、浮かびそうになる。この男の名前なら知っている。知っていて当たり前なのだ。この国でこの男の名前を知らぬ者はいないだろう。

けれども男が求めているのが、その名ではないとわかるから、エリシアにはどうしようもできない。

「あぅ……っ……い、嫌っ……」

答えを急《せ》くように女の部分を弄り回されて、エリシアは咄嗟《とっさ》に、出鱈目《でたらめ》を口にしそうになる。

「は……っ……ン、あぁっ……」

自分の名前だって、定かではないのに。他人の名前なんて、わかるはずがないじゃないかとエリシアは抗議したかった。なのに唇から溢れるのは、甘い吐息ばかりだ。

「……ッ……」

震えながらエリシアは、その時確かに、誰かの名前を呼んだ。が、それは音にはならなかったし、男の耳にも、誰の耳にも届かないのだった。

1　オークションの夜

「まずは百万ギルから！」

下卑《げび》た男の声が、高い天井にこだまする。

内乱で廃墟となった城を利用したオークション会場には、阿片《アヘン》の煙と饐《す》えた匂いが充満していた。

濁った空気を吸いながら、エリシアは首に食いこんだ首輪を、なんとか外そうと藻《も》掻《が》く。

「離して！　これを外して！」

エリシアの指が、首輪と自身の首との間に食いこむ。外そうとすればますます深く喉《のど》を締めつける、巧妙な造りだった。それでもエリシアは、暴れることをやめられない。

辛うじて胸と下半身を隠せるだけの、薄く透けた絹の服。首輪を嵌《は》められ、手足には鎖が繋《つな》がれている。そんな屈辱的な姿で壇上に乗せられ、『競《せ》り』にかけられるなんてエリシアには耐えられなかった。とても大人しくしていられる状況ではなかったのだ。

が、エリシアの抵抗は、彼女自身の意図に反して、オークションに参加した男たちの歓心を煽った。

突然拉致《らち》されたり、過酷な奴隷生活を送らされたことに耐えきれず、オークションに出品される前に心身を病んでしまう『出品物』は少なくない。

そんな中で、壇上で暴れるような活きのいい『出品物』は、それだけで特別に衆目を集めるのだ。

目を覚ましてから、エリシアはろくに鏡を見ていなかったから気づかないでいたが、彼女はとても美しい姿をしていた。姿形だけでも高値がつくのに、その上活きがいいとくれば、一体幾らの値がつくだろうか。出品者である奴隷商人の胸は、期待に高鳴りっぱなしだった。

身なりのいい紳士が一人、エリシアの乗せられている壇上へと近づいた。エリシアは銀の眸《ひとみ》で、きっと強く男を見下ろす。

男はしげしげとエリシアを眺め、首を傾《かし》げた。

「声が出るのか、人魚のくせに。人魚っていうのは声が出ない生き物だろう。贋者《にせもの》じゃないのか？」

「それがこの娘、間抜けな人魚でして。自分が人魚姫だってことを忘れちまってるんでさあ。こいつが人魚である証拠はほら、この通り」

説明しながら奴隷商人は、エリシアの銀髪を引っ張る。その手を振り払いながら、エリシアは怒鳴った。

「知らないわよ、そんなの！　白髪とかじゃないの⁉　目だって年を取れば白く濁るものだわ！」

男たちの間から失笑が漏《も》れる。どう見てもエリシアの年齢は十代半ばで、老婆には見えなかった。

二本の足を持つエリシアが、伝説の人魚姫として拉致され、紆余《うよ》曲折《きょくせつ》の末オークションに出された最大の原因は、その髪と眸の色にあった。

銀の髪。銀の眸。そんな色の髪と眸を持つ人間はいないから、それだけで人魚であることの充分な『証拠』になる。

が、それでもエリシアには、自分が人魚であるなんてどうしても信じられない。老婆になった記憶はないが、なっていない記憶もないから、可能性としてはあり得なくもないとエリシアだけが信じていた。そんな無茶苦茶な可能性を斟酌《しんしゃく》しなければいけないほど、エリシアは混乱していた。

エリシアには、記憶がない。彼女の脳に記憶されているのは、ここ一週間ほどの出来事だけだ。

風の吹く岬で、エリシアは目を覚ました。そこは漁師も近寄らない断崖絶壁で、地元の住民たちからは人魚岬と呼ばれていた。なんでも三百年前に、人魚に見初められたこの国の王が、人魚とともに海に消えた場所なのだという。

人魚姫伝説は海に面したこのクロスアティアでは夙《つと》に有名で、曰《いわ》く、人魚の肉を食せば不老不死になるとか、人魚姫の心を射止められれば巨万の富に恵まれるとか、なんだかいいこと尽くめの伝説だった。それらの伝説を、エリシアは助けてくれた漁師の子供に聞いた。

（結局その漁師に、売られたんだけどね……）

思い出してエリシアは、深い溜《た》め息をついた。銀の髪と眸を持つエリシアを、漁師は最初、珍しがっているだけだったが、やがて他の村人からどうやらあれは人魚姫であるらしいと聞いた途端に変貌した。

貧しい漁師町だ。人魚を売るだけで、一家が何年間も飢えずに暮らせる金が手に入るという誘惑には、勝てなかったのだろう。

エリシアの脳裏に、痩《や》せた子供の手首が浮かぶ。仕方がなかったのだと自分に言い聞かせるには、充分な記憶だった。

(でも、奴隷商人どもは仕方なくないわ)

　売られてしまったことは仕方ないとはいえ、大人しく売られていなければいけない義理はない。

　隙を見て逃げ出そうと、エリシアは決意を新たにする。

(わたし、本当にどこから来たんだろう。どこに帰ればいいんだろう)

　逃げ出した後のことを考えると、さすがにエリシアも不安になった。『エリシア』という名前だって、本当に自分の名前なのかもわからない。ただ、手首に巻かれていたブレスレットに刻まれていただけの名前だ。エリシアの髪と同じ、銀のブレスレットだった。

　それしか身元の証《あかし》に繋がりそうなものがないから、仕方なくエリシアは今、その名を名乗っている。

　エリシアが考えを巡らせている間にも、どんどん値は吊り上がっていった。

「二百万ギル!」

「こっちは三百万だ!」

「四百万!」

「一千万!」

入札する声が、高々と響く。

エリシアはその全員に、噛《か》みつきたい気分だった。

（人間をお金で売り買いするなんて、最低！）

「二千万！」

と、その時、低く唸《うな》るような声がした。本能的に恐怖を感じて、エリシアはそちらを見遣《みや》る。

牛のような巨軀《きょく》を揺らしながら、男が右手を開いて差し出していた。その男の声に気づいた途端、オークション会場が溜め息に包まれる。

「うわ、よりにもよって、バッシュヴェルト公に競り落とされるのか……」

「あそこに買い取られて、まだ生きてる女っているか？」

「聞いたことねーな」

（な……何よ、それ……）

潜められているはずの声が、やけに明瞭にエリシアの耳に届く。今、最高値で入札した男はどうやら貴族のようで、身なりはよかったがやけに成金くさい。それに、腰に下げている物が気になった。

普通、貴族が腰に下げる剣は宝剣で、刀身は細く柄も短い。

いわばお飾りで、殺傷能力には劣る物だ。実用性に優れた本物の剣は、衛兵が持つ物と決まっている。

が、バッシュヴェルトと呼ばれた貴族が腰に差しているのは、太く巨大な、本物の剣だった。戦場を奔《はし》る本物の傭兵《ようへい》以外は、あまり持つことはなさそうな、人殺しの道具だ。

エリシアはごくりと喉を鳴らして、バッシュヴェルト公の全身を見回した。薄い金髪。小さな青い目。指は芋虫のように太く、足は丸太のように短い。

それはさておき、彼の腕に巻かれている鎖から、無数の棘《とげ》が突き出していることが気になって仕方ない。あれは、何をするものなのか。あまり考えたくはなかったが、考えなくても結果はわかっていた。棘は、所々茶色く錆《さ》びていた。血で錆びたのだろう。

（い、嫌……ッ）

エリシアは震えながら、壇上で後ずさりした。その姿を見た途端、バッシュヴェルト公の口元に会心の笑みが浮かぶ。

「ふふ、いいな。恐怖する乙女の生き血ほど美味《うま》いものはない」

「旦那ぁ、これはただの乙女じゃなくて、人魚姫ですぜ。ただで殺しちまったら勿体《もったい》ねぇや。どうせ殺すなら、俺たちにもおこぼれを……」

「何を言う。ただの小娘でないものを無駄に殺すからこそ興が乗る」

手下と思《おぼ》しき破落戸《ごろつき》どものおねだりを、バッシュヴェルト公は一蹴した。

(へ、変態じゃない……)

こんな変態に買い取られては、命がない。

ただ殺されるだけでなく、相当嬲《なぶ》られて惨殺されることは目に見えている。最悪の結末が、エリシアの身に迫っていた。

「二千万！　二千万ギル入りました！」

オークションオーナーの、興奮した声が響く。これ以上の入札がないか、客たちを煽っているのだろう。

エリシアが見る限り、ここは真っ当なオークションではなく、ブラックマーケットだ。それゆえに参加者の身分は様々で、貴族から商人、傭兵らしき男たちまで多種多様の男たちが屯《たむろ》している。

彼らは一様に悔しそうな顔はしていたが、それ以上の金額で競うつもりはないのだろう。

二千万ギルといえば貧しい農家なら二十年は暮らせる大金だし、それに何より、エリシア自身だって自分が本物の人魚姫だなんて信じていない。

そんなあやふやな物に、大金を積むような物好きは変態貴族以外にはいないというわけだ。

「二千万ギルで落札決定か!?」

いよいよ落札の鐘の叩《たた》かれる時が来た。エリシアはぎゅっと目を瞑《つむ》った。万事休すだと思った。

と、その時、オークション会場の重い扉が開いた。

「一億ギル」

声は、低かったがよく通った。何かの冗談かと、会場にいる者たち全員がそちらを振り向く。

二千万ギルでも荒唐無稽《こうとうむけい》なのに、さらにその五倍の金額なんて、正気の沙汰ではない。

重い鉄の扉を開けたのは、入札者本人ではなかった。騎士のような格好をした青年が、彼のために扉を開けていた。身なりは華美ではなかった。傭兵よりはマシな格好をしているが、騎士というには無骨すぎた。エリシアの記憶では、そういう男をなんと呼ぶのか、わからない。

室内の薄暗い燭台の灯《あか》りだけでは、顔を識別するのは難しかった。『商品』であるエリシアの顔はよく照らされているが、買い手である男たちの顔は決して照らされることはないのだ。

「い、一億ギル！　一億ギル、入りました！」

司会者の声が、興奮で上擦《うわず》っている。

まさか、と観客たちがどよめく。

「一億って、本気か？　この女、本物の人魚姫かどうかもわからないぞ」

「このオークションは、落札後すぐに現金払いだぜ。兄さん、金は持ってきてるのかい？」

観客たちの揶揄《やゆ》に、従者が壇上へと踏み出す。騎士はその腰にぶら下げていた革袋の中身を、舞台の上にばらまいた。

途端に、会場がどっと沸いた。

「すげえ！　金貨だ！」

「本物か!?」

目映《まばゆ》いばかりの黄金が、まるで石ころのように無造作に舞台から転げ落ちる。

用心棒たちの目があるから誰もそれを拾わないが、明らかに会場の空気が変わっていた。

奴隷商人の男が、きょろりと辺りを見渡すふりをしてバッシュヴェルト公の顔色を窺う。

表面上は平静を装ってはいるが、気位の高い貴族のバッシュヴェルト公のはらわたが煮えくり返っているであろうことは、想像に難くなかった。

勿論《もちろん》それには気づかぬふりをして、司会者は大きく片手を振り上げた。

「落札！　人魚姫、一億ギルで落札です！」

会場中が歓声に沸いた。

「史上最高値じゃねえのか、これ！」

「おいおい、どこのお大尽だあ!?」

男たちは口々に囃《はや》しながら、人魚姫を落札した者の顔を見極めようとする。落札者は、三人組の男だった。ドアを開けた者と金貨を投げた者、そして、その二人の主と思しき背の高い男。

三人のうち、一番背の高い男が奴隷商人から鍵の束を受け取る。それで取引は成立したようだった。

男はおもむろに、エリシアのいる壇上へと上ってきた。

反射的にエリシアは、後じさりした。男の顔は、綺麗だが無表情で、なんだか恐ろしかったのだ。

「な……なに……」

エリシアの、足首がまず解放された。続いて、手首。最後に首輪。これでエリシアの肉体は、鎖の縛《いまし》めからは自由になった。一昼夜ぶりに軽くなった手足を、エリシアは軽く伸ばしてみる。爽快だった。

そんなエリシアの様子を見て、男はなぜか、小さく嘆息した。

それは、安堵《あんど》しているのか呆れているのかもわからない複雑な溜め息で、エリシアの心をますますざわつかせる。

「あ……！」

不意に足が宙に浮いた。いきなり横抱きにされて、エリシアは手足をばたつかせる。

「ちょ、っと、離して！　下ろしてよ！」

返事はない。男はただ黙って、エリシアを城の外へと運んで行く。声を奪われた人魚姫であるはずのエリシアがよく叫び、男のほうがまるで声を奪われたかのように寡黙であるのが皮肉だった。従者らしき二人の男も、黙って外へ出て行く。

それらの光景を見ていた観客が、ふと思い出したように言った。

「なあ、あれ」

指はまっすぐに、人魚姫を落札した男が出て行った扉を指していた。

「どっかで見た顔じゃないか……？」

言われてみれば、と男たちが顔を見合わせる。彼らは一様に、同じ記憶を惹起《じゃっき》させられていた。が、今頭に浮かんでいる名前を、口にする者はいない。

その可能性はないものと信じたかったし、事実だとしたら、あまりにも荒唐無稽すぎた。

2　記憶にない夜の蜜儀

馬車に揺られているさなか、男たちは一言も言葉を発しなかった。エリシアといえば、なぜか座席に座ることを許されず、あの背の高い男の膝に抱きかかえられたままだ。

男は、間近でよく見ればますます美しい貌《かお》をしていた。眸は暗く、無表情ではあったが、光彩は黒曜石と同じ色だ。髪は闇と同じ色だが、濡れたような艶があり、闇の中でも輝くようだ。

エリシアはなぜだかその容貌にどきりとした。

鎖や首輪では繋がれなくても、男の両腕は充分に拘束具として機能した。暴れ続けることにも疲れて、エリシアは仕方なしに大人しく抱かれた。

「もう逃げないわ。下ろしてよ」

一度だけエリシアは男にそう言ってみたが、男は小さく首を振るだけだ。エリシアは、馬車の窓から外を見た。

馬車は森を抜け、街道をひた走っているようだ。進むにつれて、勾配がきつくなっていくのがわかる。

(山の上に向かっているのね)

山の上に住むのは、猟師の他には王侯貴族だけだ。城塞を築くのに、都合がいいからだ。

すると次に連れて行かれる場所も誰かの城なのかと、エリシアは察した。

「ここはなんていう国?」

沈黙に耐えかねてエリシアが聞くと、対面に座っている従者二人がぎょっとした様子でエリシアを見た。

「な、何よ」

何をそんなに驚くのかと、エリシアのほうが驚く。まさかここには『国』という概念自体がないのだろうかと、妙な方向に不安になる。が、エリシアの不安は的を外していた。

「覚えて、いらっしゃらないのですか……」

従者の一人、金髪のほうが、困惑を隠さずに言った。

茶髪のほうのあまり目立たぬ従者は、金髪ほど戸惑ってはいない様子だが、エリシアを見る目が少し変わったようだ。

「覚えてないわ。ていうか、あなたたち……」

大事な何かに行き当たったことに気づいて、エリシアはぐっと身を乗り出した。

「わたしのことを、知ってるの⁉」

一週間前、岬で目を覚まして以来、エリシアは自分が何者であるのかずっとわからず仕舞いだったのだ。

漁村にエリシアのことを知る者はいなかったし、売り飛ばされた先でも、エリシアの顔を見て何か反応を示してくれる人はいなかった。

言葉はわかる。国だとか城だとか貴族だとか、人間社会の仕組みもなんとなくわかる。

なのに自分自身の過去も名前も思い出せないというのは、あまりにも居心地が悪かった。

「知っているも何も……」

金髪が、エリシアと彼女を抱く男の顔を交互に見遣った。

「それは、あの……王に、直接お聞き下さい。我々の口からは、なんとも……」

「王？　王様になんて簡単に会えるわけないじゃない」

エリシアが即座に言い返すと、暫《しば》し、馬車の中に沈黙が流れた。車輪が砂利を巻きこんで軋《きし》む音だけが、夜風に響く。

やがて金髪が、言いにくそうに告げた。

「今、そちらにおわします」

「……え」

エリシアは、従者二人の視線が自分の頭上に向けられていることに、またしても心底驚いた。

(まさか、この人が!?)

今、エリシアを膝に抱いている男が王なのだと、その視線は告げていた。そして、エリシアを抱く男もそれを否定しなかった。

(どういう、こと……!?)

岬で目を覚まし、漁師に助けられ、オークションに売り飛ばされ、最後は王に買い取られる。

一体どういう人生を送っていれば、そういうことに巻きこまれるのか。エリシアには皆目、見当もつかなかった。

◆
◇
◆

夜陰に紛れて、馬車は王宮の奥庭へと滑りこんだ。

城は切り立った崖に面して聳《そび》えていた。全体に灰色で、華美な部分がない。王が住まう城というより、城塞だった。

崖のすぐ下は海で、この立地なら天然の要害になるに違いない。馬車は、城門からではなく資材搬入に使うような裏口から入ったため、城の周囲を迂回《うかい》した。そのためエリシアは、城の全容を見ることができた。

(このお城、なんだかこの人に似ている)

城を見て、エリシアが真っ先に抱いた感慨はそれだった。自分を抱いている『王』とこの城は似ている、と。

城のフォルムは美しいが、戦のための機能に特化していて、色味はすべて灰色だ。

熱心に城を見つめるエリシアに、初めて『王』が声をかけた。

「夜目が利くのか」

「え……? ええ」

エリシアはこくりと頷《うなず》いた。今は夜半だ。至る所に松明は掲げられているが、巨大な城塞の全容を照らし出せるはずもない。にも拘《かか》わらず、エリシアの目にははっきりと、城の細部までもが見えた。

（他の人には、見えないってこと？）

エリシアにとって『見える』のは当たり前のことで、王に指摘されなければそれを特殊なことだとは思わなかった。

松明が点在する城塞は、夜の海よりはずっと明るい。

（夜の、海――――）

耳の奥に波の音がした。

エリシアは確かに、海を知っていると思った。けれどもそれが、海の『外』なのか『内』なのかは、茫漠《ぼうばく》としたままだった。

城は、ノースシュヴァイン城という名なのだと、道中エリシアは『王』から聞いた。『王』が発した言葉は本当にそれだけだった。些《いささ》か異様なほど、寡黙な男だった。城の名前を聞いた後、エリシアはそれを教えてくれた王の名をまだ聞いていないことに気づいた。

抱かれたまま螺旋《らせん》階段を昇り、王の居室と思しき奥の間へ連れられ、エリシアはやっと一息つくことができた。

外観は質実剛健なこの城も、王の居室だけはさすがに質素とは言い難い華やかさがあった。革張りの椅子。毛足の長い敷物。紅い天鵞絨《ビロード》の天蓋《てんがい》つきのベッド。大きな青磁の壺に生けられた季節はずれの花々。

エリシアは、侍女が運んできた軽食とお茶を素直に口にした。奴隷市場で食べさせてもらえたのは、一切れの黴《か》びたパンと水だけだったから、これを拒む理由はなかった。たとえ毒が入っていたって構わなかった。毒で死ぬか餓死するか、二つに一つならまだ生き残れる可能性をエリシアは選ぶ。幸いにして食事に毒は盛られていないようだ。

そもそも毒を盛るくらいなら、大枚を叩《はた》いて身請けしたりはしないだろうとエリシアは考えた。

王は、食事するためにテーブルに向かうエリシアを、少し離れた椅子に座り眺めている。黴びていないふかふかのパンの、最後の一切れを呑みこんで、エリシアはやっと聞いた。

「あなたの名前は？」

聞いた途端に、王は『意外だ』という顔をした。

名前以外にも聞きたいことはありすぎるくらいあったが、何はともあれ、エリシアは今、それが知りたかったのだ。

「王様の名前を知らないなんておかしい、って言いたいの？」

「違う」

王は、はっきりと否定した。それからおもむろに立ち上がり、エリシアに近づいてくる。

「名は、ランスロット・クロスアティア」

大きな手のひらが、エリシアに向かって差し伸べられる。視線が滑り落ちて、エリシアの右手首で止まった。

記憶を失ったエリシアが、着衣以外に唯一身につけていたブレスレットを見ているようだった。

(エリシア)

『自分の名前』を、エリシアは口には出さずに頭の中で呟《つぶや》く。本当にそれが自分の名である確証はどこにもないけれど。

伸ばされた手のひらは、エリシアの髪を撫《な》でた。その手のひらを、エリシアは恐ろしいとは感じなかった。

(ランスロット……)

頭の中でそっと、その名を繰り返してみるが、やはり何も思い出せない。

「おまえは」

ゆっくりと、確かめるように彼――ランスロット王は、エリシアに告げた。

「隣国フェンリルに、嫁いだと聞いた」

「……え？」

突然言われて、エリシアは唖然《あぜん》となる。そんな名前の国は知らないし、嫁いだと言われても、自分の名前すら定かでなかったのだ。

だから、こう言うしかない。

「し、知らないわ、そんなこと！」

「…………」

ランスロットは、じっとエリシアの目を見つめた。黒いと思っていた彼の目は、間近でよく見れば少し金色がかっていた。野生の狼のような色味だ。見つめていると吸いこまれそうな、不思議な色彩だった。

不意に腕を摑《つか》まれて、エリシアは「あっ」と叫ぶ。ランスロットの視線は、エリシアという名が刻まれた、銀の腕輪に注がれていた。

「腕輪をしているのが、不思議だと思った」

「どういう、こと……？」

「俺が贈った腕輪だからだ」

今度こそエリシアは、声も出なかった。

「あなた、わたしのこと、知っているの……？」

エリシアの問いに、彼は心外だという顔をした。

「わ、わたし、本当に……」

記憶がない。何も思い出せない。けれど、彼が本当に自分を知っているのなら、知りたい。

自分は何者だったのか。本当の名前は。出身地は。家族は。

そして、恋人は。

(恋人……?)

恋人、という存在について思いを馳《は》せた途端、エリシアの中で何かが疼《うず》いた。痛いような、甘いような、不可思議な疼きだ。

自分の年齢も思い出せないけれど、鏡を見ればおおよその年はわかる。十八歳か、それくらいだろう。その年頃の娘なら、恋人がいたって不思議ではない。それは、もしかしたら。

(黒い、髪だった……?)

ランスロットの黒い髪が、あるはずのない記憶の中で翻《ひるがえ》る。

あと少し。もう少しで何かが思い出せる。

そう期待して微かに身を乗り出した途端、エリシアの足は宙に浮いていた。

「……えっ?　きゃあぁ!?」

予告もなく横抱きに抱き上げられたのだと気づいて、エリシアは悲鳴をあげた。部屋の景色が、目まぐるしく流れて行く。

背中に柔らかな衝撃を感じて、次に目を開けた時眼前に迫っていたのはあの黒曜石のような眸だ。

エリシアは、目を逸《そ》らすことができなかった。

「そんなに忘れたかったのか」

何を？　という言葉が、エリシアの口からは出ない。

ずっと平坦だったランスロットの表情と声に、変化があった。

僅《わず》かな、怒気だ。

間髪を入れずにランスロットが続けた。

「忘れるなんて、許さない」

「え、ちょ、や、やだ、な、に……ッ」

奴隷商人によって無理矢理着せられたドレスの胸元が、引き裂かれていく。あの大きな手で服を引き裂かれるのは、強気なエリシアにも恐ろしかった。

「やめ、てっ！　やめてぇっ……！」

サイズの合わないビスチェも剝《は》ぎ取られ、豊満な乳房があらわになる。

「ドレスなら、絹のを用意してある。こんな娼婦みたいな服は着るな」

「じ、自分で着たわけじゃ……ひゃぅっ⁉」

いきなり胸を鷲掴みにされて、エリシアはびくんと肩を竦《すく》め、ランスロットの肩に爪を立てた。

爪に皮膚が食い込む感触に思わず手を引くが、そもそも自分がここで遠慮しなければいけない理由はないはずだとエリシアは思い直す。

「やめてっ！　やめないと、引っ掻くわよ！」

とても脅威にはならなそうな脅しを、それでもエリシアは叫ぶ。無論ランスロットの手は止まらない。予告通りに引っ掻こうとして、エリシアは自分の手が動かないことに気づいた。

（どうして……⁉）

嫌なはずだ、抵抗したいはずだと頭では思うのに、肝要の手が動かない。足も、まるで重石をつけられたかのように動かない。奴隷商人にされたように、物理的な拘束具をつけられているわけではない。なのに動けないのは、まるで何かの呪いのようだった。

「ひぁ……っ！」

胸部だけでなく、スカートの中にまで手を入れられて、エリシアの悲鳴が高くなる。不本意ながら、下着も奴隷商人に押しつけられたものだ。布地の面積は極めて狭く、両の太腿の辺りで紐《ひも》を結ぶだけの、酷《ひど》く頼りない造りのそれは、剝ぎ取られるまでもなく指に引っかけるだけで簡単に滑り落ちる。

「あ、だ、めっ、だめぇぇっ……！」

あらぬ箇所に外気を感じて、エリシアはそこを両手で覆おうとした。その両手首も、虚しく頭上に押さえつけられる。

「いや、嫌あぁっ……！　見な、ぃでっ……！」

空いているほうの手で片膝を深く曲げさせられて、エリシアはやっと足に力を入れて抵抗したが、遅かった。

エリシアの少女の部分はきっと男の目に入ってしまっている。それを考えると、エリシアは泣きたくなった。

「お、願、ぃっ……見ない、で……っ」

初めて少女らしい、細い声が漏れた。

が、ランスロットは聞き入れない。まるでそれが当然のことのように、エリシアを抱こうとしている。

「や、やだっ、触らな、ぃ、でっ……あぁっ……！」

硬い指先が、エリシアの柔らかな部分に触れた。

反射的にエリシアは、そこにぎゅっと力を入れる。両手の縛めからは解放されたが、その両腕は無力だった。

「あぁ……っ」

大きな嘆息が漏れる。絶望するような、それでいてどこか甘さを含んだ、息だった。剝《む》き出しにされた大きな乳房が、胸郭《きょうかく》の震えを受けて上下する。

(指が……)

届いている。秘めやかに口を閉ざした花弁の奥を、まさぐるように指が動く。その更に奥まで侵入されるのは、恐ろしかった。

そこに指を押し当てたまま、ランスロットは聞いた。

「フェンリル王には、抱かれたのか」

「知、らな……きゃぅぅっ！」

エリシアの返事を待つまでもなく、確かめるように指が侵入しようとする。節くれた男の指で犯されるのは恐ろしく、エリシアは懇願した。

「嫌あぁ……っ……ら、んぼ、う、しな、……で……っ！」

エリシアの願いを受け容れたように、指は一旦、花弁から退いた。エリシアはほっと息をつく。

が、それも束の間だった。

「や……ッ」

胸の膨らみに顔をうずめられ、エリシアの肩がぴくんと震えた。肉の丸みの頂点にある尖りに、唇が吸いつく。エリシアのそこは、それに呼応するようにきゅんと縮こまった。

「ひ、……ンッ……」

ちゅ……と甘く吸われた後に、軽く歯を当てられ、エリシアはぞくりと悪寒のようなものを感じた。それが嫌悪感だけで済むのだったら、エリシアにとってはまだ救いがあった。

「あ……いや……嫌、……っ」

尖らせられた舌先が、胸の突起の上をぬるぬると這い回る。口唇に捕らえられていないほうの乳房は、手のひらで弄《もてあそ》ばれた。

骨も筋肉も張り巡らせられていない柔らかな肉の丸みが、男の手の中で縦横に形を変えさせられる。

「あうっ……！」

恥ずかしがるように顔を隠していた乳首の尖りが、徐々に頭角を現していく。それはエリシア自身も知らない肉体の変化だった。

丸い桃色の乳輪に埋まっていた尖りが、まるで男のペニスのように勃起《ぼっき》させられていく感触は、淫《みだ》らだった。

「あ……ぁ……な、に……何……っ？」

ランスロットは、勃《た》ち上がり始めた乳首を、最後に指で押し出した。きゅっとつまれて、鮮やかな桃色の突起が完全に顔を出すと、彼は再度そこに舌を伸ばし、舌先で小刻みに舐《ねぶ》った。

「ふぁっ、ぁ……!?」

戸惑うような、甘い声がエリシアの口から漏れる。びくん、と膝が震えて跳ねる。肌が、粟立《あわだ》つ。痛みではない何かに突き動かされて、エリシアの躰が暴走を始めていた。

「……やっ……い、ゃ……っ」

片方は舌で舐られ、もう片方は指でしごかれて、エリシアはさっき指でまさぐられた部分に熱を感じた。

嬲られているのは乳首なのに、まるで躰の中にコイルが通っているかのように、痺《しび》れが下肢へと伝達されていく。

嬲る合間に、ランスロットが言った。

「相変わらず、ここが弱いんだな」

（わたし、知って、いる……？）

この『感覚』を、自分は知っているのだろうか。相変わらず、という彼の言葉が嘘《うそ》でないのなら、この行為は『初めて』ではないはずだ。

エリシアの困惑は深まった。頭は『知らない』と叫ぶのに、躰が『知っている』ことを如実に知らしめる。

戸惑うエリシアの肉体に、ランスロットは更なる淫行を強いた。やっと胸を解放され、息をつこうとしたエリシアの両膝が、深く曲げられる。

「え、ぁ……」

次に自分の身に起こることを、エリシアは予測できなかった。

「い、嫌あぁぁっ！」

髪が、内股に触れた。無論、自分の髪ではない。ランスロットの黒い髪だ。本来触れるはずのない箇所に、触れるはずのないものが触れている。エリシアは遮二無二《しゃにむに》暴れたが、ランスロットの両手でがっちりと膝を押さえこまれ、足を閉じることは叶わなかった。

「あンぅっ！」

我知らず甘い嬌声が零《こぼ》れる。秘められた箇所の上部に、キスされた時だ。

（な、に……？）

そこは、エリシア自身も知らない快楽の塊だった。本当に『知らない』のか、本当は『知っている』のかも定かではないけれど。エリシアの肉体が、はっきりと悦《よろこ》びを示したのは確かだ。

「あ、ゃ、やめ、て……っ」

エリシアの碧玉《へきぎょく》が涙で潤む。

キスされただけでも、痺れるほどの感覚だったのに。

それ以上されたら、どうなるのか。

考えただけで、下腹部が痺れ、震えた。

ランスロットはエリシアの顔を上目遣いで一瞥《いちべつ》した後で、いよいよその行為を実行に移した。

「きゃぅぅっ！」

子犬のように愛らしく啼《な》いて、エリシアはランスロットの髪に指を絡める。髪を引っ張って頭を引き剝がしたかったが、指には少しも力が入らなかった。

熱い舌が、桃色の花弁の上をぬるりと滑った。のみならず舌は、何かを探るようにエリシアの恥部を探る。

最初はぴっちりと、童女のそれのように合わさっていた花弁が、舌先でこじ開けられる。

花弁は、左右に押し広げられた途端にその奥からとろりと熱い蜜を溢れさせた。まるで侵入を待ちかねていたかのように。

「ひっ、やぁぁっ……！」

花弁の奥の小さな肉孔を舌先で柔らかく抉《えぐ》られて、エリシアは激しくかぶりを振る。

（何を……何を、するの……!?）

喘《あえ》ぐ口からはひっきりなしに声が漏れる。苦痛には程遠い声だった。たとえ演技でも苦痛の声をあげられれば、もしかしたらランスロットは行為を中断させたかもしれない。が、今のエリシアにそんなことを思いつく余裕はなかった。

「あ、アアッ!?」

くちくちと蜜口を弄んだ後、舌先はエリシアの秘部を伝い上がり、さっきキスした尖りの部分へと辿《たど》り着いた。

反射的にエリシアは叫んでいた。

「そこは、嫌ぁぁっ……！」

エリシアの悲鳴と、舌が辿り着くタイミングは、上手く重なった。お陰でエリシアは、二重の嬌声をあげる羽目になった。

「ふあぁぁっ……！」

ぬるりと舌でくるまれて、エリシアの雌芯《めすしん》が、つんと頭を擡《もた》げる。そこはまるで、快楽を呼び覚ますボタンのようだった。エリシアは目を見開き、天井を見た。奥歯を噛みしめて、快感に耐えようとした。

「あ、ぅっ……！」

遠慮会釈もない愛撫《あいぶ》が、エリシアを襲う。

小さな陰核は、舌で器用に包皮を剝き下ろされ、剝き出しにされた。

ただでさえ敏感すぎる小粒な真珠が、はっきりと顔を出す。

ランスロットは舌を離し、指先でそこを嬲り始めた。

「ひっ、やぁぁっ……！　ン、ひぃっ……！」

唾液と愛液にまみれた粒が、些か手荒な男の指の腹でコリコリと揉《も》みこまれる。それに呼応するように、エリシアの花弁はその奥から愛液を漏らした。

最初は滲《にじ》み出す程度の濡れ方だったものが、徐々に噴き出すような激しさに変わっていく。

「いやらしいな……」

熱い行為とは裏腹に、やけに冷たい声でランスロットが言った。

「俺以外に嬲られても、こんなふうに濡らすのか」

「うぁ、あンッ！」

もはやエリシアの耳には、そんな責め句も届かない。ただ、絶頂を耐えるのに精一杯だ。

（あ、何、何か……っ）

嬲られている雌芯から下腹にかけて、激しく痺れるような感触を得て、エリシアはがくん、がくんと背筋を撓《しな》らせる。するとランスロットは、見計らったようにエリシアのそこから指を離した。

「あ、……ぅ……っ」

身を委ねてしまおうとした波濤《はとう》から不意に引き戻されて、エリシアは我知らず物足りなさげな声を出してしまっていた。

ランスロットの指は、武人のそれらしく節くれ立っている。その雄々しい指が、V字を作るようにエリシアの淫孔を押し広げた。

「ひ、拡げ、な、ぃでぇっ……！」

最も恥ずかしい女陰の部分を暴かれて、今更にエリシアは泣き喘ぐ。

自分のそこが今、どのようになっているのかなんて考えたくもなかった。

(わたし、濡れて、しまってる……)

記憶はなくても、本能でわかる。

そこを濡らすなんて、いけないことだ。

ましてや男の前でなんて、絶対にしてはいけないことのはずだ。理性ではそう理解しているのに、エリシアのそこはランスロットの視線に犯されて、ひくひくと淫らに収斂《しゅうれん》していた。

「淫らな孔だ」

言いながらランスロットは、二本の指を蜜孔の奥に押しこんだ。エリシアの蜜孔は、きゅんと内壁を縮こませながらもその指を呑《の》みこんだ。

「あ……ぁ……」

指とはいえ、女の部分を犯されたことはエリシアにとってショックだった。躰の中に、他人の肉体が存在する。

それは異様な感覚をエリシアにもたらした。

指は、ただエリシアを犯すだけでは終わらなかった。

まるで猫の喉でも擽《くすぐ》るような仕草で濡れた膣肉《ちつにく》をまさぐられ、エリシアの膝が震える。

「あ、いや……っ……い、あ、ンッ……！」

蜜孔の中で、指がある一点に触れた途端、さっき雌芯にされたのと同じ痺れがエリシアを襲った。

やめて、と泣き喘ぎながら腰を突き上げると、更に意地悪く指でそこを弄り回される。

「ンあうぅ……！」

クリュ……という淫靡な音が、腹の中から聞こえてきそうだった。ランスロットの指は、一度捕らえた獲物の弱点を決して離さない。

ぬちゅくちゅと優しくこすられた後に不意に激しく突き上げられて、エリシアは軽く達した。

「きゃひぃぃぃっ！」

ぴゅっ……と熱い蜜が、指を銜《くわ》えこまされた媚肉《びにく》から飛び散る。それはランスロットの精悍《せいかん》な頬にまで飛んだ。

エリシア自身は望んでいないその淫らさに、ランスロットは何かを掻き立てられている様子だった。

「フェンリル王のものは、よかったか？」

またその名前を出されても、今のエリシアには何も考えられない。知るはずのない快感。知るはずのない、名前。

息を乱し、なんとか淫欲の波濤に抗《あらが》おうとするエリシアの蜜孔から、指が引き抜かれる。

「俺を思い出させてやる」

「あ、あぁ……っ……」

ランスロットの厚い胸板が、エリシアの乳房を押し潰《つぶ》す。逞《たくま》しい胴をねじ込まれた太腿は、もう閉じられない。

指の代わりに宛てがわれたものは、熱く、鉄のように硬かった。焼けた、大きな鉄の塊だ。

エリシアは彼の胸板に両手をついて、最後の抵抗をした。

「待っ、て……ま……あ、ン、ううンンッ！」

ぬぐ……と花弁を押し分けて、大きな肉の塊がエリシアの中に侵入してくる。

「い、ゃっ、だめ、ぇえっ！」

そんな大きいものが、躰の中に入るわけがない。エリシアは言外にそう訴えていたのだが、それは間違っていた。

エリシアの小さな蜜孔は、自身の放つ蜜液のぬめりも借りて、ねっとりと淫らに肉棒に絡みつき、受け容れた。

「あ、ぅ、アァ、ぁあっ……！」

肉棒がのめりこんでくるたびに、エリシアは新たな嬌声を漏らす。それは甘く、淫らに潤んだ声だった。

「だめっ……だめ、なのっ……入れちゃ、らめえぇっ……！」

傍目《はため》にはとても、拒んでいるようには聞こえない声だろう。エリシアの声は高く澄み、まるで歌声のように響く。

「人魚の、歌声だ」

最中に言われた意味が、終《つい》ぞエリシアにはわからなかった。やがて熱い雄蕊《ゆうずい》は、根元までエリシアの肉孔にめりこんだ。

「あ、ぅンッ……！」

ごつっ、と腹の奥に当たる感触に、エリシアは首を振った。躰の中で、男のものがどくどくと脈打っていることさえわかった。

空洞を目一杯満たされて、エリシアの淫孔は本人の意思をまるで無視して、満足そうにひくついている。

（わたし……犯され、て……る）

何も知らないまま連れて来られ、ろくな説明もなく犯されたことに、エリシアが衝撃を受けないはずもなかった。

「やぁあっ……！　乳、首、弄らな、ぃでぇっ……！」

犯されながらまた乳首を指でしごかれ、エリシアは泣きながら身悶《みもだ》える。こんな淫らなことをされて、感じてしまっている自分が嫌だった。

「う……ひっ、く……あ……ぅうっ……！」

ぽろぽろと大粒の涙を流しながら、感じ、泣き喘ぐ『人魚姫』に、ランスロットは優しいキスをした。

唇を啄《ついば》まれ、涙を拭《ぬぐ》われて、エリシアが一瞬だけ泣くのをやめる。

「あ……ン……ッ」

無意識にエリシアは、キスを受け容れていた。

最初は啄むだけだったキスが、エリシアの許しを得て徐々に激しさを増していく。捩れるほど強く唇を押し当て、舌を絡め、口腔《こうこう》を舐る。

そんなキスにさえ、エリシアは応えた。

「ンン、ぅ、んんぅぅーっ！」

唇を塞《ふさ》がれながら、エリシアは膣肉を思い切り犯された。ずる、と引き抜かれた陰茎が、次の瞬間、ぐぢゅ、と音をたてて最奥まで突き立てられる。

熱く熟《う》れた肉孔が、太い雄蕊での陵辱を悦ぶように媚肉を震わせる。のみならず、さっき指でまさぐられた快楽のつぼを生身の亀頭でぬちゅくちゅとこすり上げられて、エリシアの肉体は淫欲に堕ちた。

「あアンンッ！　う、ひ、ぅっ、あぁうっ……！」

（も、もぅ、だめ……だめ、なのぉ……っ！）

太いもので犯されている肉孔がひくつくのを止められない。新たな愛液が、勝手に溢れてきてしまう。

奥も、入り口も、全部気持ちよかった。密着されると、外陰部の尖りまでもがコリコリと押されて、堪《たま》らなかった。

「あぅっン、あぁぁあっ！」

激しく啼いて、エリシアは真の絶頂に達した。熱い精液を子宮に浴びせられて、腰をくねらせながらエリシアはランスロットにしがみついていた。

濡れた布で躰を清められながら、エリシアは吐き捨てるようにそう告げた。ランスロットは、別段動じない。手足が痺れたように満足に動かせないエリシアの肉体を、淡々と清めていく。

途中でエリシアは寝台の上で躰を起こし、ランスロットの手から手拭いを奪い取った。

◆◇◆

「……あなたを、許さないわ」

犯された相手に裸体を清められるなんて、屈辱以外の何ものでもない。

「新しいドレスを持ってこさせる」

「ドレスなんか、いらない……！」

強い口調でエリシアは言った。

「それより先に、謝ることはしないの!?」

「謝罪はしない」

平然と、当たり前のように、ランスロットはエリシアを見下ろした。

「おまえが悪い」

「どういう、ことよ……！」

「自分の胸に聞いてみろ」

「だから、覚えていないって……！」

エリシアの抗議は、最後まで聞き届けられなかった。ランスロットは、そのまま踵《きびす》を返して部屋から出て行ってしまう。

閉じられた扉に向かって、エリシアは力一杯、枕をぶつけた。中に詰まっていた羽毛が、はらはらと空中を舞う。

（くやしい……！）

一方的に犯されて、挙げ句、あんな痴態を晒《さら》されて。どうして許すことができようかと、エリシアはただ、怒りに燃えた。

ほんの少しでも、あの黒曜石のような眸が美しいだなんて思ったりしたことを、激しく後悔した。

（こんな城、出て行ってやるわ）

破けたドレスを身につけて、エリシアは窓に駆け寄った。自分が何者で、ここを出てどうするかなどというビジョンは何もなかったけれど、ここに留まるという屈辱に甘んじるくらいなら野垂れ死んだほうがマシに思えた。

意気込んで窓を開けたエリシアは、「あぁ……」と小さく息をついた。嘆息だった。

窓からは遠い水平線が見えた。

真夜中のことだ。夜の海と空の境界は曖昧に混じり合っていた。空の星が、海に溶けるようだ。

そして、遠い眼下には岩に打ちつける波濤が見えた。夜目が利かなければ、一目で絶望することはなかったかもしれないが、衝動的に窓の外に飛び出して無惨に岩に打ちつけられていた可能性も高い。

(そうよね……わざわざ逃げられる場所になんか、閉じこめるはず、ないか……)

諦《あきら》めてエリシアは、窓を閉めた。今は逃げ出す時ではないと、考え直す。時期を待つのだ。逃げ出す隙は必ず見つかる、と。

(絶対に、許さない……！)

その夜、エリシアは眠れなかった。

3　囚われの人魚姫

満天の星空に、月が光る夜だった。夏の風が、爽やかに頬を撫でて通り過ぎる。クロスアティア城下に、花火が上がった。戦勝を祝う宴が、夜を徹して、街のあちこちで催されているようだ。

この城へ連れてこられて、早一週間が過ぎようとしていた。その間エリシアは、城の奥、王の居室のある城郭に閉じこめられた。

閉じこめられたとは言っても、城郭は広い。娯楽室もあれば図書室もあり、サロンだってある。

が、エリシアは頑《かたく》なに、図書室以外の設備を使わなかった。失った記憶を少しでも補うのに、図書類は不可欠だったのだ。

毎日届けられるドレスや宝飾品は、身につけることを拒否した。受け取ったのは躰を覆うのに必要な最低限の着衣だけだ。

絹しかないから仕方なく絹を身に纏《まと》ったが、エリシアは上等な絹のドレスより、木綿の服が欲しかった。

木綿なら洗濯しやすいし、絹よりも丈夫だから、逃げる時に便利だ。洗濯物はすべて侍女が持っていってしまうので、自分の手で洗う機会にエリシアは終ぞ恵まれなかったけれど。

次にランスロットが不埒《ふらち》なことをしたら、今度こそ舌を噛み切って死んでやる、と息巻いていたエリシアの内心を読んだのか、ランスロットはあれ以降寝室には戻らなかった。

エリシアが彼の顔を一週間ぶりに見たのが、まさしく今日、この時である。一体何をしていたのかといえば、どうやら戦に出かけていたらしい。

図書室に置いてあった歴史書のお陰で、エリシアも多少はこの国のことを理解できた。

(フェンリルというのは、隣国の名前なのね)

ここクロスアティアは海に面した海洋王国だったが、ここから北へずっと進んだ内陸には、フェンリルという国があるという。

峻険《しゅんけん》な山に囲まれ、狩猟を生業として生きてきた北方の民族が暮らすと本には記されていた。

そして今、まさにクロスアティアと戦争をしているのが、そのフェンリルだということもエリシアは本で知った。フェンリルというのは、国の名前であると同時に、王の名前でもあった。

言いがかりとしか思えないランスロットの言葉を思い出し、エリシアはまた胸がむかむかする。

彼に言わせると、自分はそのフェンリル王のもとへ嫁いだのだという。

(そんな王族のことは知らないわ)

知りもしないことで責められるいわれはないのだと、エリシアはそこだけは絶対に譲らなかった。

王宮を音楽が包んだ。エリシアは今、玉座に腰掛けるランスロットの隣にいた。

(ここに、わたしが座っていてもいいの?)

普通、王の隣に座るのは妃だ。自分で言うのもなんだが、どこの馬の骨とも知れぬ小娘が座るべき場所ではないと思う。

ふかふかの椅子は気持ちがいいが、ふかふかの椅子なんてこの城には他にいくらでもある。何もこんな、政治的にややこしい位置に置かれた椅子に、座りたくはなかった。

別に座りたくて座っているわけでもないから、なんとも居心地が悪く、エリシアは少しそわそわした。

特に、着飾った貴婦人たちの視線が、突き刺さるように痛い。騎士や貴族たちから送られてくる、好奇心に満ちた視線も嫌だ。

(代わってもらえるのなら、今すぐ代わってもらいたいわ)

居丈高に睨《にら》み返すと、貴婦人も貴族も、そそくさと視線を逸らして逃げた。

(一体なんのために、こんな宴にわたしを呼んだの?)

エリシアはちらりと、隣に座るランスロットを見た。ランスロットは、戦勝の宴だというのに、相変わらず無表情な、つまらなそうな顔をしている。エリシアは、この男が笑ったところを一度も見たことがない。

(この人、笑うことがあるのかしら)

神話に出てくる神々のような美しい顔をしているくせに、この無表情では、台無しだ。笑えばもう少し取っつきやすくもなるだろうと思ったが、もちろんエリシアは口にしない。取っつきやすくなってもらったところで、取っつくつもりが一切、ないからだ。

ランスロットが遠慮なく退屈そうにしているから、エリシアもそれに倣《なら》い、無表情を貫いた。

（でも、音楽は綺麗。いい歌……）

嫌でも耳に入ってくる歌姫の声は、そんな荒《すさ》んだ心にさえ染み渡った。それは海の歌だった。

つい聞き入ってしまうような、高く澄んだ美声で歌われるのは、恋の唄だ。知らずに目を閉じて、うっとりと聞き入ってしまったエリシアに、ランスロットがぼそりと告げた。

「おまえの歌声のほうが綺麗だ」

「な……っ」

いきなり言われて、エリシアはたじろぐ。歌った覚えなんかないのに、綺麗なんて言われる筋合いもないと思ったが、彼の言うことが真実ならば、きっと自分は過去に歌ったのだろう。

（人魚の、歌声……？）

自分が人魚姫だなんて話はまったく信じていないけれど、それとは関係なく、人魚の歌声は大変美しいと聞く。但《ただ》し、聞く者の魂を捕らえ、海に引きずりこむ不吉な唄だ。

楽士たちの奏でる音楽が海風に流れ、舞姫たちの踏むステップが大理石の床を鳴らす。

偏見を捨てて見れば、非の打ち所のない素晴らしい宴だ。

「下に降りたい。降りてもいい？」

歌姫の声をもっと近くで聞きたくて、エリシアはランスロットに尋ねた。エリシアなりに、この宴を少しでも楽しもうとしていた。

仏頂面で過ごすのは、懸命に歌い奏でる楽士や歌姫たちに申し訳ない気がしてきたのだ。

決してランスロットのためではないのだと、エリシアは声を大にして言いたい。

「俺の目が届く範囲なら構わない」

許しを得て、エリシアはドレスの裾を摑み、玉座の置かれた壇上から降りた。『妃』がフロアに降りてきたことに、貴族たちのざわめきが一瞬、止まる。水を打ったように静まりかえったフロアを、エリシアは悠然と進んだ。

エリシアが前に立つと、あの美しい歌声を披露していた歌姫は、飛び上がらんばかりに驚いた。

「きゃ……お、お妃様！」

歌も演奏もやめてひれふす楽士と歌姫に、エリシアは慌てて声をかけた。

「顔を上げてください。わたしは妃じゃありません」

「で、でも……」

「あなたの歌声はとても綺麗。続きを聞かせて欲しいの」

エリシアにそう告げられると、歌姫の顔がぱっと輝いた。大勢の観客、貴族たちの前で、『妃』からの賛辞を受けるというのは、大変な名誉であるに違いない。

エリシアの言葉を受けて、歌姫は歌を再開させた。

美しい歌声を聞きながら、エリシアは手近な、空いているソファに腰掛けた。エリシアが座ると、周囲の貴族たちがご機嫌伺いに列を成す。

「御機嫌よう、新しい女王陛下」

「あの歌姫は我が城で買い受けた奴隷です。女王陛下がお望みでしたら、是非とも捧げましょう」

「ありがとう。いただくわ」

わざと居丈高にエリシアは答えた。

奴隷がどういう扱いを受けるかを、エリシアは知っている。記憶をなくしたエリシアの、数少ない体験に基づく確かな記憶だ。この下卑た貴族の男のもとに置くよりは、自分の侍女に召し上げてしまったほうがいいように思えた。

エリシアの返事を聞いて、歌姫が頬を紅潮させ、歓喜をあらわにしていたから、きっとそれは正しいのだろう。

「この中に、歴史や地理に詳しい方はいらっしゃる？」

エリシアが聞くと、如何《いか》にも学者然とした髭《ひげ》の男が勇んで挙手した。

「わ、わたくしめは、クロスアティア唯一の大学で、教鞭を執る者です。わたくしでしたら、懼《おそ》れながら女王陛下にお教えできることもあろうかと」

「あ、待って。ごめんなさい、知り合いを見つけたの」

学者に謝罪してエリシアは、遠巻きに様子を窺っている金髪の男を呼び寄せた。

「あなた、こちらへ来て下さる。皆様、少し彼と二人きりにさせて下さらないかしら」

「そんなことを言われては、王が嘆かれますぞ」

エリシアに言われて、周囲を囲っていた貴族たちは渋々と引き下がる。代わりにエリシアの目に止まり、呼びつけられた金髪の男だけが、「しまった」という表情を顔に浮かべていた。

この宮殿で、王の寵愛《ちょうあい》を受けるエリシアからの招きにそんな顔を見せるのは、その男くらいのものだろう。

だからエリシアは、彼を選んで呼んだ。彼ならきっと、都合の悪い真実も口にしてくれるだろうと思ったからだ。

男は渋々という風情で、エリシアの前に膝をつき、差し出された白い手の甲にキスをした。

「久しぶりね。といっても、一週間ぶりかしら」

「あなたも。一週間ですっかり、記憶を取り戻されたようで何よりです」

男は一週間前、ランスロットとともに奴隷市場に乗りこみ、エリシアを助け出した三人の中の一人だった。あの時はただの従者かと思ったが、どうやら思っていたよりずっと高い身分らしい。あの夜とは別人のような豪奢《ごうしゃ》な衣装を身に纏い、腰には宝剣を差している。

片膝を曲げ、こうべを垂れているものの、男の目は少しも恭順や媚《こ》びを示していない。ただ、敵意だけはなさそうだ。

「残念ながら、そうではないの」

エリシアが否定すると、男はさも意外だという顔をした。

「あなたの振る舞いを拝見して、てっきり記憶が戻られたのだと思いました」

「つまりわたしは、もともと高飛車だったってこと？」

「いえ、決してそのような……」

男は苦笑して、首を振る。その苦笑が、エリシアが失った記憶を補填《ほてん》してくれるかのようだった。

「わたし、あなたの名前も知らないわ」

「これは失礼を。王よりアルデバラン公爵領を拝領した、アルデバラン公爵、キルヒミルドと申します。未来の女王陛下に於かれましては、どうぞお見知りおきを」

「改めてよろしく。わたしを奴隷市場から助けてくれてありがとう」

エリシアがそう言うと、アルデバラン公キルヒミルドは、はっとしたように周囲に目配せをした。

「どうかした？」

訝《いぶか》るエリシアに、キルヒミルドは小声で囁いた。

「そのことは、どうかご内密になさいませ。王と、私と、同行したもう一人の供であるスタッド伯爵しか存じぬことです」

確かに、エリシア自身の望まぬこととはいえ、玉座の横に座る者がつい一週間前まで奴隷市場で売られていたなどと知られるのは外聞が悪いだろうとエリシアは納得した。何もわざわざ、自分の立場を不利にすることはない。

「もう一人の名はスタッド伯爵というのね。今日は来ていないの？」

「はい。スタッド伯は現在、王より北の国境付近の残党狩りを拝命されておられます」

「仲間が働いている時に、王は宴を？」

エリシアの挑発的ともいえる質問に、キルヒミルドの顔が曇った。

「お言葉ですが未来の王妃殿。この宴は、王があなた様の御ために催されたものです。楽士も、舞姫も、料理も、皆あなた様のお好みに合わせられたものばかりだ」

言われてみて初めて、エリシアは料理がとても美味《おい》しかったことを思い出し、なんだか胸が痛いような気持ちになった。

が、そんな気持ちも、あの夜にされたことですべて消し飛んでしまう。エリシアは頑なに言った。

「そんなもの、頼んだ覚えはないわ」

「少々お言葉が過ぎるのではありませんか」

王自ら奴隷市場に乗りこむという蛮勇につきあわされるだけあって、キルヒミルドの忠誠心は本物のようだった。王、と呼ぶ時の彼の口調からは、確かな敬意と心酔が感じられた。

しかし、エリシアはそんな彼にも容赦《ようしゃ》しない。

容赦しなければいけない理由がないからだ。エリシアは、肘掛けに凭《もた》れてキルヒミルドを見下ろした。

「わたし、あの男にレイプされたのよ。強姦《ごうかん》。わかる？　あなたは突然押し倒されて抱かれて、その後で宴を開いてもらって、わあ素敵、なんて思えるかしら」

「な……」

貴婦人の口から出たとんでもない『告白』に、キルヒミルドは圧倒されていた。目を白黒させ、言葉に詰まっている。美青年のくせに、案外純情なのか、顔まで紅い。さすがにエリシアに同情したのか、改めて深く頭を下げる。

「し、失礼、致しました。それは、存じ上げず……」

「知らなくて当然だから、謝らなくてもいいわ。わたしがあなたにしているのは、八つ当たりだから。てっきり戦勝のお祝いだと思っていたから、それは意外だったけれど」

「いえ、戦はまだ終わってはおりません。北の国境線の問題が片づいたに過ぎません」

キルヒミルドは、宴の話から離れたかったのだろう。自分の得意な戦の話題に、食いついた。

「どういうこと？　これで戦争は終わったんじゃないの？」

「一時的には、そうですね」

さっきエリシアが、地理に詳しい者、と言っていたのを聞いていたのだろう。キルヒミルドは小姓を呼び寄せ、地図を持ってこさせた。エリシアの前のテーブルにそれを拡げ、指で示しながら説明を始める。

「ここが今、王妃様と私がいる城の位置。この北側の山脈が隣国フェンリルとの国境で、一番の激戦地です。まだフェンリルを占領したわけでも和平協定を結んだわけでもありませんから、戦勝の宴には早すぎます。局地戦で勝利を収めただけです。それはランスロット王もよくおわかりです」

「わたしはそのフェンリル王のもとに、嫁いでいたの？」

ランスロットに言われたことを思い出し、なんの気なしにエリシアは聞いてみた。

その質問に、キルヒミルドがぎょっとした。

「と、とんでもない！　あなたは、掠奪《りゃくだつ》されたのです！」

「掠奪？　攫《さら》われたということ？」

「はい。王の出征中に、あなた様はわずかばかりの侍女を連れて、お忍びで海に出かけられてしまったのです。その隙を衝かれました」

（ランスロットは嫁いだって言っていたけれど、表向きは違うのかしら）

エリシアは不思議に思ったが、ランスロットが知らぬふりをしているようには見えないから、それ以上は追及しなかった。

「わたし、近衛もつれずにお忍びでふらふらするほど無謀な性格だった？」

キルヒミルドの口振りに責めるような色を感じ取って、エリシアはそれを聞いてみた。

案の定キルヒミルドは否定しない。ただ少し、微苦笑を口元に浮かべた。

「それは、その……王が、お許しになられたこと、ですから……」

それが原因だとすれば、ランスロットがあれほどエリシアを外に出さないことにも納得がいった。

（彼は、悔やんでいるってこと？　わたしを自由に外出させたことを）

だとしたら辻褄《つじつま》は合うが、ランスロットはそんなことは一言も教えてくれなかった。如何《いかん》せんあの男は口数が少なすぎる。代わりに、よく喋《しゃべ》ってくれるキルヒミルドにエリシアは全部聞くことにした。

「なかなか興味深いお話だったけれど、あなたを呼んだのは戦争のことを聞くためではないの」

知っています、とキルヒミルドの目は応えていた。エリシアは一段と声を潜めた。

「どうしてわたしは、人魚姫だなんて呼ばれていたの？」

「それは……」

またキルヒミルドが、口籠《くちご》もる。答えは、あまり明瞭ではなかった。

「王が、そうおっしゃったのです」

「根拠はそれだけ？」

「いえ。そもそもは、この国の成り立ちに関わることです」

「それは少し、知ってるわ。図書室の本で読んだから」

エリシアが図書室に通ったのは、まさにそれを調べるためだった。この国の人間が、『人魚姫』にあれほど執着を見せるのには、何かわけがあると思ったからだ。その予想を、キルヒミルドが裏付けた。

「人魚姫は古来から、海洋国であるこの国では富と繁栄の象徴とされています。それに纏《まつ》わる伝説も多い。クロスアティア建国の礎《いしずえ》となったのも、人魚姫と王が契りをかわしたことに端を発すると言い伝えられています」

「それは歴史書で少し読んだわ。あながち、あの王様の独創性に溢れる妄想ってわけでもなかったのね」

「な、なんてことを……少し、声をお抑えになって……」

あまりにもずけずけと王を批判するエリシアを、キルヒミルドは窘《たしな》めつつ続けた。まるで歴史の講釈でもするように。

「王は、海竜の末裔《まつえい》であると言われています。海竜の王であるわけですから、その妻に最も相応《ふさわ》しいのは人魚姫であるというわけです。ただ、歴代、本当に人魚姫を娶《めと》った王は初代の王だけ、とされていますが」

「それは、何年前のこと？」

「ざっと三百年前です」

「大昔ね」

つまり、それは完璧に『伝説』とか『神話』の類で、それを以《もっ》てして人魚姫の実在を信じるには、あまりにも薄い根拠ではないかとエリシアは思うのだ。

「わたしはいつ、どこから来たの？」

「それは、私にはわかりかねますが……一年前、あなたは王に連れられ、突然この宮殿に姿を現したのです。人魚姫として、王の妃となるために……」

「わかったわ。きっとわたしは、平民の娘なのよ」

エリシアはぽんと手を打って言った。

「城下町かどこかで、ランスロット王が平民の娘を見初めた。でも、王宮に連れてきて妃にするには身分が必要じゃない。だからきっと、わたしが人魚姫だなんて嘘をついたんだわ」

「その話は、本当ですか……？」

キルヒミルドは、エリシアの記憶が戻ったと思ったのか、怖々と確認した。嘘をつくのは好きではないし、そんな嘘をつく必要もなかったから、あっさりとエリシアは首を振った。

「さあ。今、思いついて言っただけだから」

「あなたというお方は……」

キルヒミルドは片手で目を覆った。

「それでわたしは、王の寵愛を背景に、ここで女王様然として暮らしていたわけね」

「あなたが女王であったことは間違いありませんが、貴族たちはともかく、侍女や衛兵たちからの評判は悪くはなかった。あなたは理由もなく、侍女や衛兵を罰したりしませんでしたから」

「そんな当たり前のことで褒められても嬉しくないわ」

「王宮ではそれは、当たり前ではありません」

言われてみれば、貴族たちの侍女に対する扱いは、奴隷へのそれに似ていた。

記憶がないのだから、エリシアには『常識』もないが、何せ目を覚ましてすぐに奴隷市場で売られた身だ。奴隷のように人に扱われることには、人一倍感じるところがあった。

「妃って、そんなに簡単に決めていいものなの？　誰も反対する人はいないの？」

「海竜王が人魚姫を娶りたいと言えば、伝説を信じる者たちには反論のしようがありません。それに、この国は百年以上に亘って戦争を繰り返していて、内政も不安定です。三百年の間には革命もあり、何度か国名も変わった。そのたびに正当な王が立ち、王権を取り戻してきたわけですが……」

そこでキルヒミルドは一旦言葉を句切った。

「我々は、クロスアティアという国名こそが正当であると信じています。正当なる王家の始祖である、海竜の名です」

「海竜って、そんなものが実在するの？」

「正直に申し上げますと、わかりません。でも」

それを言う時、キルヒミルドは優しい目をした。

「人々が寄り添って生きるのには、共有できるおとぎ話が必要なんです」

おとぎ話、という響きに、エリシアの胸は少し高鳴った。

波の音。月の光。優しく唄う声。

(わたし……子供の頃、誰かに、おとぎ話を聞かせてもらった)

確かな記憶が、一つだけ蘇《よみがえ》った。自分は、このおとぎ話をどこかで、誰かに聞かせてもらった。

(わたしには、家族がいる)

この記憶が願望による虚像でないのなら、自分は幼い頃に、誰かにこのおとぎ話を聞かせてもらったのだ、と。

4　陵辱の蜜月

すっかりと夜が更けた。宴は終わり、王宮から一つ、二つ、灯りが消えていく。残る光は、寝ずの番に立つ衛兵たちの掲げる松明と、王族の暮らす最上階の灯りだけだ。王族とはいっても、この城に『王族』を名乗れる者は一人しかいないことは、エリシアにもすでに知れていた。

王族の家系図は図書室で閲覧できたが、ランスロット以外は皆、若くして不審な死を遂げていた。

はっきりとは記されていなかったが、暗殺されたのだろう。王国の歴史は、血塗られていた。

その黒い歴史の染みが、この城のそこかしこに刻まれているようで、エリシアには少し不気味だった。ランスロットが何も喋らないことが、余計に妖しさを増幅させている。

「今日こそ聞かせてもらうわ」

宴を終え、侍女も振り払い、一人寝室に戻ったエリシアは、今か今かとランスロットの帰りを待ち侘《わ》びていた。ようやく戻ってきたランスロットの前に、エリシアは仁王立ちに立ちはだかる。ランスロットは、胡乱《うろん》そうにエリシアを一瞥しただけで、返事はしない。

「わたしが人魚姫だなんていう嘘を、どうしてつくの？」

「…………」

ランスロットは、エリシアの質問、否、詰問に、取り合わなかった。供を連れて来ないのは、ランスロットも同じだ。

この断崖絶壁に面した寝室には、侍女や衛兵も立ち入らない。二人だけの空間だった。

エリシアは尚も食い下がる。

「答えて！　どうしてわたしは……」

「一年前だ」

突然口を開いて、ランスロットは窓を指さした。窓は開け放たれている。強い海風が、カーテンを揺らしていた。

「その崖の下で、唄っていた」

「わたしが……？」

「そうだ」

極めて簡潔に、ランスロットは出会った時のことを語った。

「呼ばれたから、降りた」

あっさり言われて、エリシアは戸惑う。

「ちょっと待って。あの反り返った崖を、どうやって降りたの？」

「手と足を使って降りた」

「そういうことを、聞いてるんじゃなくて……」

崖は、中腹が抉れて凹んでいる。だからこそ攻略不可能、難攻不落の天然城塞として機能しているのだ。そんなにあっさりと、登ったり降りたりできるはずがないじゃないかとエリシアは指摘したが、ランスロットはただ「降りた」としか言わない。

（本当かしら……？）

真偽はさておき、それが『出会い』だった、というのはエリシアにも理解できた。自分たちが出会った場所と時間については。

それ以降、自分がこの城に招き入れられたことは、さっきキルヒミルドに聞いた通りなのだろう。

「それが、どうして敵国の……フェンリル王のもとへ、わたしは嫁いだの？　キルヒミルドは、わたしが攫われたって言っていたけれど」

エリシアにはさっぱり状況が呑みこめない。

少なくとも彼の言葉を信じるのなら、自分たちは愛し合っていたはずだ。それがなぜ、よりにもよって敵国になど嫁いだのか。

無理矢理攫われたというのが正しいのなら、ランスロットがこんなに自分を責めるのは変だ。

ランスロットの口振りでは、まるでエリシアが望んで敵国に嫁いだかのように聞こえた。

それに対して、キルヒミルドは『掠奪された』ということを強く主張していた。二人の言い分は、すれ違っている。

エリシアがその質問を口にした途端、ランスロットの表情は覿面《てきめん》に曇った。

「それを、俺に聞くのか」

「え……」

かつん、と床を鳴らして、ランスロットが一歩、エリシアに近づく。エリシアは反射的に後ろへ一歩、下がった。ランスロットは、怒っている。表情はせいぜい曇る程度だったが、その全身から理不尽ともいえる怒気が発せられているのはエリシアにはわかった。

「こちらも用があって戻った」

「な、何よ……」

「一週間ぶりだ」

いきなり腕を掴まれて、鳥肌が立つ。その一週間前に、されたことを躰が思い出していた。

「抱きたい」

「な……っ」

直截《ちょくさい》に言われて、エリシアの頬がかっと染まる。身を引いて逃げようにも、腕を掴む手のひらに鎖のように強く捕らえられ、動けない。

「なに、を……」

「キルヒミルドとは、親しげに話していたな」

突然言われて、エリシアは面食らう。意味がわからなかった。キルヒミルドには、自分が一方的に質問していただけだ。それも、ランスロットのことを。笑っていたかもしれないが、それはやるせない皮肉だ。

「あれの前では笑うのか」

「そ、れは……っ」

何かを言おうとして、エリシアは言葉に詰まる。この男の前では、いつもそうだった。

何か、言いたいことがあった。

伝えたいことがあった。

なのにそれが、言葉にできない。

「おまえは一度、俺を裏切った」

「し、知らな……い……」

幾度も繰り返した否定を、エリシアは今日も口にした。何かが、無限に繰り返させている。そんな気がした。

「二度と誓いを裏切らないと、誓いのキスを」

「嫌よ……っ」

ただ一つ、ランスロットの要請だけは、容易には受け容れられなかった。

「わたし、裏切った覚えなんかない！　知らないわ！」

片手で軽く、寝台へ突き飛ばされる。背中に当たったのは水鳥の羽毛が詰められた寝具だったから痛くはないが、この寝台の上でされたことを思えば、痛み以上の衝撃があった。

また乱暴にされるのだと、エリシアは覚悟した。

（もう、本当に、知らない……っ……）

震える声でエリシアは、それでも強気で叫ぶ。

「す、好きにしたらいいわ。あなたのことなんか、知らない！」

エリシアの口から間断なく発せられる拒絶の言葉に、ランスロットの表情が翳《かげ》る。が、エリシアはそれを見ないふりをしていた。見てしまうと、どうしようもなく胸がざわつくのだ。

彼が傷つくと、自分も傷つくような、おかしな気持ちになってしまう。だから、見たくなかった。

ランスロットもまた、言葉が少なすぎた。

「そうか」

「あッ……！」

ドレスの胸元が引き裂かれた。絹を裂く音が耳に障る。後ろ手に、引き裂かれたドレスの切れ端で手首を縛られて、エリシアは息を呑む。

「ひっ……」

後ろ向きにベッドに押さえつけられ、ドレスの裾がたくし上げられる。下着を下ろされ、白い尻の丸みが、燭台の灯りの下であらわにされる。エリシアはぎゅっと目を瞑り、自分に言い聞かせた。

（へ、平気、よ、これくらい……恥ずかしく、なんか、ない……っ）

「ンッ……」

強張るエリシアの躰に、何かが触れた。ぬる……と冷たくぬめる何かが、尻の割れ目に垂らされた。薄闇の中で、ふわりと鼻腔に触れる甘い香りがあった。

（香油……？）

なんとも言えない、不思議な匂いだった。花のような、芳醇《ほうじゅん》なワインのような、曖昧な香りだ。

香油は、尻の割れ目を伝い落ち、エリシアの花弁や恥ずかしい蕾《つぼみ》にまで届いた。その感触に、エリシアの肌がぞわりと粟立つ。

「あぅっ……！」

香油にまみれた指で不意にそこを弄られて、エリシアは身を捩る。

「う、くッ……ンンッ……！」

必死で奥歯を噛みしめ、声を殺す。指は、まだ閉じられている割れ目をぬるぬるとなぞり、最後に上部の尖りに触れた。

「ここが好きだろう」

「きゃうぅっ……！」

ぬるつく指の腹で、花弁の上の尖りをコリコリと揉まれ、エリシアの唇から愛らしい声が漏れる。薄い包皮に守られていた蕾が剝き出しにされてしまう。淫欲のスイッチが、恥ずかしそうにヒクつきながら芽を突き出す。

(どうして……っ……こんな……感じて、しまうの……っ!?)

悔しさと恥ずかしさに突き動かされて、エリシアは叫んだ。

「は、早、く……っ」

声は掠《かす》れて、途切れがちになる。

「早く、犯して、終わらせ、なさい……!」

「俺にそんな口をきく女はおまえだけだ。人魚姫」

そう告げるランスロットの声には、もう怒りの色はなかった。どこか、懐かしそうですらあった。

「そんな口をきくのを許したのは、おまえだけだ」

「あ……ッ」

熱く硬く勃起したものが、後ろから押しつけられる。割れ目に押しつけられたそれが、ぬるりと滑る感触に、エリシアは総身を震わせた。

「ン……ぅ……」

入れられるのだと思い、エリシアは息を詰め、躰に力を入れる。少しでも拒みたかった。

が、予想に反してそれはエリシアの中に入ってこなかった。

「え……ぁ……？」

太い亀頭が、くちっ……と音をたてて、香油でぬめる花弁の上を滑った。そのままぬるぬるとこすられて、エリシアのそこはもどかしげにヒクつき始める。

「ひぅぅっ……！」

びくん、とエリシアの背筋が撓った。

突き上げるようにして押しつけられたペニスの切っ先が、雌芯の尖りに当たった刹《せつ》那《な》だ。

（嫌……こん、な……っ）

まるで焦らされるような行為に、エリシアはぎゅっと唇を噛みしめる。そうしなければまた、声を出してしまいそうだった。

「ん……く……っ」

太く、硬く張り詰めた亀頭の反り返った部分で、エリシアの雌芯がコリコリと嬲れる。執拗にそれを繰り返されて、エリシアの下腹の奥深くに、熱が宿る。

「ン……あぁっ……！」

責められている女陰が爆ぜるような感覚に、エリシアは喘いだ。熟した果実が果汁を滴らせるように、濃い蜜が溢れ出す。

（何か……変な……）

いくらエリシアが感じやすい肉体を持っているにしても、この感覚は異常だった。そのことにエリシアも気づき始めていた。

「あ……っ」

今度は後ろから両手が伸びてきて、エリシアの乳房を摑む。柔らかすぎる肉の丸みが、男の手の中でふにゃりと形を変える。

「やめ、て……っ」

柔らかく揉みしだかれ、エリシアは逞しい腕の中で身悶えた。乳房全体が、ぞくぞくするような感覚をエリシアの下腹部に伝えてきていた。

「だ、めぇっ……」

乳首を押し潰すように指先で嬲られて、エリシアの声が知らずに高くなる。そこは、敏感すぎた。

「あ……ゥ……」

濡れた花弁を硬いものでこすられながら、過敏な胸の突起を嬲られて、エリシアの陰部は香油以外のものでぬめっていく。花弁が、ぴゅくっ……と淫らに震え、その奥からさらに熱い蜜を滴らせる。

それだけなら、この前されたのと同じだ。が、今日は『何か』が決定的に違っていた。

「あ、あぁっ……ぅ……っ」

熱くなりすぎた蜜孔の、震えが止まらない。もっと耐えられると思ったのに、エリシアは堪らず、自ら尻を振り、ランスロットのものにこすりつけるような仕草をしていた。

それに気づいたランスロットが、含み笑いを漏らす。

「あ……ッ！」

エリシアは慌てて、腰の動きを止めた。

（わたし……なんて、ことを……っ）

自分で腰を振ってこすりつけてしまうなんて、あり得ない。

なのに、してしまっていた。

「ン、ふぅっ……」

この前とは明らかに違う種類の疼きが、間断なく恥部から湧き起こり、エリシアを苦しめていた。

背後から覆い被さるように密着していたランスロットが、一旦身を引いた。ほっとしたのも束の間、今度は香油に濡れた手で両方の乳房を鷲摑みにされる。

「きゃあぁっ!?」

熱く大きな手のひらの中で、雪のように白い乳房が、ぬりゅぬりゅと揉みしだかれる。

エリシアの乳房は、男の手から溢れるほどに豊満だった。指先が、素晴らしく括《くび》れた細い腰まで伝う。

「いやらしい躰だ」

「あッ、やめ、てぇっ……！」

乳首をつままれ、指の腹でぬるぬるとこすられて、エリシアの金髪が波濤のように揺れる。

「この躰で、フェンリル王をも誘惑したのか」

「し、てな……っ……わ、わたし、そんなことっ……あぁっ……ンッ……！」

乳首を弄られると、それだけで下腹の奥が痺れた。疼く蜜孔から、ひっきりなしに淫らな蜜が溢れてきてしまう。

「いやっ……そこ、嫌あ……っ」

溢れる蜜液は、エリシアの乙女の茂みをしっとりと濡らし、今や太腿にまで流れ落ちてきていた。

ランスロットは乳首から手を離すと、背後からエリシアの太腿に顔を寄せ、その蜜を舐《な》め取った。

「あ、ひぃぃっ！」

そのまま伝い上がってきた舌先で花弁を舐められて、エリシアは些か大仰な声を出す。それくらい、エリシアのそこは過敏になっている。

（どうして……っ……こんな……おかしい……！）

「あンぅぅぅっ！」

突き出すように掲げさせられた尻の割れ目を、今度は指で拡げられた。くぱ……と淫らに愛液の糸を引いて、花弁が開く。ランスロットはその様をエリシアに、低く響く声でつぶさに教えた。

「淫らな孔だな。中まで丸見えだ」

「い、いや……嫌ああ……っ」

「男が欲しくて、疼いているのか。花びらがヒクついている」

「やめ、てぇえっ……！」

嗜虐《しぎゃく》的な責め句に、エリシアが泣き喘ぐ。

「フェンリル王のものは、どうやっておまえを悦ばせた？」

「知、らな……あ、ンぅっ……！」

「だったら、思い出すまで躰に聞いてやる」

「きゃひぃぃっ！」

すっかり興奮して尖った陰核をつままれ、ぬりゅぬりゅと上下にしごかれて、エリシアは絶叫した。そこは、感じすぎるのだ。エリシアはいく瞬間、花弁から大量の蜜を噴いた。

「うあぁぁ……ンッ！」

まだ達している最中に、ヒクついている雌孔に指を入れられ、エリシアのそこは本人の意思とは裏腹に悦びに打ち震え、指に吸いついた。ランスロットは、まるでペニスで犯すような動きでエリシアのそこで指を律動させる。じゅくっ、にゅくっ、と指で攪拌《かくはん》されるたびに、媚肉が狂喜に打ち震える。

（この、香油は……）

ただの香油ではない。

何かもっと、いやらしいものだ。抗議の意をこめて振り向くと、ランスロットの意地の悪い笑みに視線がぶつかった。

「やっと気づいたのか」

「ひ、卑怯、よ、こん、な……あ、ンッ、やめ、てぇっ……！」

小刻みな絶頂が、止まらない。

呼吸が、喘鳴《ぜんめい》に変わる。息さえもできなくなる。

（あぁ……だめ、……っ）

記憶はなくても、エリシアのそこは確かに男を知っているのだろう。それが何人の男のものなのか、ランスロットの言う通りフェンリル王のものも含まれているのかはわからない。

ただ、エリシアの肉体は確かにもっと太くて熱いものを欲していた。

（もっと……奥……）

唯一記憶にあるのは、この前ランスロットにされたレイプだ。信じられないほど太く、雄々しいものが、下腹の奥の奥にまで届いた。臍《へそ》の下あたりの、痺れるような箇所を何度も何度もあれで突かれた。

あんなふうにされたら、きっと、またすぐに――――。

エリシアがそれを想い、媚肉をきゅぅっと締めつけた刹那に指は引き抜かれた。

「あ……っ」

我知らずエリシアの口から物足りなさげな声が漏れる。ランスロットの指には、ねっとりとした半透明の糸がかかっていた。

ゆるりと腰を振るエリシアを、ランスロットはさらに追い詰めた。

「自分で弄って、慰めてみるか」

「い、やよ……っ」

手首の緊縛を解かれても、エリシアは決して動かない。そんな淫らなことは、したくなかった。

するとランスロットは、ますますエリシアを辱《はずかし》めるようなことをした。

「あっ、やめてぇえっ！」

女陰の上の、恥ずかしい蕾に触れられて、エリシアはまた絶叫する。

「ここはまだ、手つかずか」

「ひっ……嫌あぁっ……！」

きゅっときつく窄《すぼ》まった蕾の上を、愛液と香油に濡れた指が滑る。それは今にもエリシアの中に入ってきそうで、恐ろしかった。

「それともここも、フェンリル王のものにされたか」

「嫌ああ！　して、なぃっ……そんな、の、してなぃっ！」

本当にしていないかどうかはエリシア自身にも知る由がなかったが、エリシアは自分の肉体と心を信じていた。こんなこと、きっと耐えられない、と。

「この孔でいかせてやろうか」

きつい窄まりの皺《しわ》が、指の腹で押されてふにゃりと頼りなく凹む。このままでは本当に、犯されてしまいそうだった。

「それとも、自分で女の部分を慰めるか？」

「じ、自分、で……する、わ……っ！」

尻孔を犯される恐怖に勝てず、エリシアは屈した。アヌスの皺を柔らかく弄り回した後で、指はやっとエリシアから離れていった。

「こちらを向いて、足を開け」

言われた通りにエリシアは、ベッドに座って両膝を曲げる。散々嬲られて紅く熟れた花弁が、白い太腿の奥で淫らに開花していた。

そこに手を導かれて、エリシアは目を閉じ、自身を慰め始めた。

「うぅ……っ」

目を閉じても、視線は感じる。ランスロットの黒い目が、自分のそこを映しているのがわかる。

「み、見なぃ、でっ……」

無駄と知りつつ懇願し、エリシアは右手で自身の恥部を弄った。ぬるぬると花弁をなぞり、上部の尖りを軽く撫でてはみるが、恥ずかしさと恐ろしさでそれ以上はできない。

「ン……ぅっ……」

自分の手でする中途半端な快感は、エリシアの肉体を余計に追い詰めた。

(自分じゃ、できないっ……)

「花弁の奥まで、指を入れてみろ。俺のものよりはずっと楽なはずだ」

「……く……ぅ、ん……っ」

言われて、エリシアは小さな陰唇の奥に人差し指を潜らせようとしたが、これほどぬめりながらも肉孔は小さく縮こまった。

見かねたのか、或《あ》るいはもともとそのつもりだったのか、ランスロットが手を伸ばしてくる。

「忘れたか。おまえが好きな場所は、ここだ」

「あンッ……！」

女陰の尖りを、自分ではできない絶妙の強さでつまれて、エリシアは背筋を撓らせた。

「あぅっ、ひっ……やぁぁぁ……っン……」

コリコリと凝《しこ》る小粒の真珠は、ランスロットの指に挟まれて悦楽に震えた。たっぷりとそこを嬲った後で、また花弁を指で犯される。

「う、ふ……あぁぁっ……！」

骨張った男の指が二本、ぬるりと無遠慮に肉の隧道《すいどう》を犯す。その無骨さが、エリシアの空洞を慰める。猫の首を撫るように、中で指を曲げられ、感じる箇所をぬちゅくちゅと弄られて、エリシアは達した。

「あぅっ……あぁぁっ！」

「それに、ここ。もっと好きな場所があるだろう。そこもあとでたっぷり、突いてやる」

「あ……アァッ……」

エリシアはそうされる自分を思い出して、とろりと眸を潤ませた。指では届かない、もっと、奥。自然と臍の下あたりが疼いた。

すっかり力が抜けてしまったエリシアの肉体を、ランスロットは自分の上に抱え上げた。自身はベッドに横たわり、その胴をエリシアに跨《また》がせたのだ。熱に浮かされたようなエリシアは、さらけ出された雄々しい屹立《きつりつ》から目を逸らそうともしなかった。

「そのまま腰を落とせ」

「い、や……っ」

串刺しにされるように、女陰にぴたりと切っ先を当てられて、エリシアは童女のように首を振る。

「ひぅぅっ……！　嫌、らぁあっ……！」

するとまた乳首を弄られて、エリシアの頬を涙が伝い落ちた。真珠のような涙だった。花弁から溢れる愛液が、密着させられた亀頭から茎の部分に伝い落ちている。それをなぞるように、エリシアの腰が落とされる。ずぶずぶと少しずつ、肉杭《にくくい》が刺さっていく。

「はぁっ、あぁ、あン……ッ！」

悩ましく身をくねらせながら、エリシアは陥落した。堕ちていく先には、熱く硬く張り詰めた肉杭がある。最後に腰を摑まれ、一気に落とされて、エリシアの躰が弓なりに撓った。

「はぁんっ！」

じゅぐっ、と空洞を熱く満たされ、子宮口の辺りまで犯されて、エリシアはまた達していた。

「あァア……ッ！」

(だめ……いきなり、奥まで……！)

太い亀頭が、ごつっ、と子宮口のあたりに当たるのがわかった。

(大き、すぎる、の……っ)

淫らな空洞が、みっちりと塞がれてしまう。あろうことかそのことをエリシアの蜜孔は、悦んでいるのだ。恥部を彩る恥毛がこすれ合うほど、深い挿入だった。

エリシアの肉体を奥の奥まで支配すると、ランスロットは再びエリシアの弱い箇所を責め立て始める。

「ふぁ、あぅっ……！　い、いじっ、ちゃ、らめぇえっ……！」

肉棒を銜えこまされた花弁の上部に、指が伸びる。淫孔をみっちりとペニスで塞がれながら外陰部を刺激されるのは、地獄のように甘い痺れをエリシアの肉体にもたらした。

エリシアが強気な美貌とは裏腹の、可愛らしい声を出すたびに、膣の中の肉棒が膨らんでいく。

「い、ゃっ……ひ、拡が、っちゃうぅっ……！」

耐えきれず、エリシアはランスロットの胸に倒れこんだ。厚い胸板にエリシアを抱いて、ランスロットはその耳元に囁いた。

「腰を動かしてみろ。さっきみたいに」

「い、ゃっ……」

「でないと終わらないぞ。一晩中でも、おまえの中にいたい」

「い、あぁっンッ！」

後ろに回された手で、尻の丸みをまさぐられる。その指先が、最も恥ずかしい窄まりに触れた瞬間、エリシアは必死で身を捩った。

「やめ、てぇっ……！　さわら、な、ぃで……っ！」

そこだけは守りたくて、エリシアは言うことを聞いた。

「ンッ……」

両手を胸板について、両膝に力をこめて腰を持ち上げる。

根元までみっちりと埋まっていたペニスが、ぬろ……と、いやらしくぬめりながら花弁から姿を見せる。

「はぁ、ンッ……！」

今度はゆっくりと腰を落とし、呑みこむ。また、奥までだ。

（もう……二回も、達して、いるのに……っ）

奥まで欲しくて、ヒクヒクとわななくのを止められない。もどかしかった。それはランスロットも、同じだったのだろう。細く括れた腰が、いきなり両手で摑まれる。そして。

「あぐぅぅっ！」

抜ける直前まで引き抜かれた後、一気に落とされる。がくん、とエリシアの躰が揺れた。

ランスロットの腕力を以てすれば、エリシアの躰をそうやって抱くことは容易いのだろう。

ぢゅぶっ、ぐぢゅっ、と淫孔がこすられる、激しい音がする。大きな乳房が上下に揺れて、ランスロットの目を愉《たの》しませる。

「ひっ……ひぃィ……ッ……もぉ、らめぇえっ……！」

焦点の定まらぬ目で、エリシアは啼き喘ぎ続ける。それはまさしく、淫らな人魚姫の歌声のようだった。

「ほら、ここだ。おまえの好きな場所。指よりもこのほうがいいだろう」

「ひあぁぁっ！」

ペニスを半分ほど含ませ、今度は小刻みに揺らす。

肉孔の中程にある、少しざらついたような箇所。

そこを張り詰めた亀頭の鰓《えら》でぬちゅくちゅとこすられて、エリシアは軽く失禁していた。

香油など使われなくても、エリシアの肉体は充分に熟れていたのだ。その上に催淫作用のある香油を使われて、エリシアの躰はもはや淫楽の塊だった。

「おか、ひ、く、なっひゃ……あんぅぅぅっ！」

舌も回らない。奥の奥に射精され、エリシアはランスロットの胸に崩れ落ち、気を失った。意識を失う直前、エリシアは耳の奥で不思議な唄を聞いていた。美しい海からの歌声だった。

5　戸惑いの月日

それからまた、十日が過ぎた。ランスロットは城にはいない。また辺境の戦に出かけているのだろう。

行き先がエリシアに知らされることはない。王の出征先はギリギリまで公表されない軍事機密なのだろうが、それを差し引いても、彼はエリシアに何かを説明するということをしない。

（あの人が何を考えているのか、少しもわからない）

エリシアは一人、居室の窓辺に腰掛けて、遠い海を見ていた。

水平線が白くキラキラと光っている。帰りたい、と無性に思った。帰る場所などないのに。

隣国フェンリルとの戦が終わる兆しはないという。この城は平和だが、いつ戦渦に巻きこまれるかはわからないだろう。

(その時こそ、戦乱に乗じて逃げてやる)

エリシアは怒りも新たに、そう決めていた。

けれどもそれは、戦渦の拡大を望むのと同然で、即《すなわ》ち多くの罪無き人々を巻きこむということでもある。

出来得るならば、エリシアは何か別の方法で逃げ出したかった。エリシアが目を覚ましたあの岬、あの漁村は、貧しかった。

魚の採れるあの村だけが特別貧しいということはないだろうから、他の村々だって似たようなものだろう。

物憂げに外を見ていたエリシアの耳に、喧噪《けんそう》が聞こえた。ここは外界からは遠く閉ざされているが、エリシアは耳がいい。風に乗って微かに響く、人々の叫ぶ声、踏みならす足音を聞き逃さなかった。

(何か起きたの?)

気になってエリシアは、部屋から出た。

階下に降りることは許されていないが、この最上階の中ならばどの部屋に行こうと自由だ。

エリシアは階下へと繋がる階段のそばまで行き、立っている侍女に声をかけた。

「下が騒がしいわ。どうしたの？」

「王妃様のお耳にも届きましたか？」

音を聞きつけたのはこの階上ではエリシアだけのようで、侍女は意外そうな顔をした。

やや年嵩《としかさ》の侍女は、言いにくそうに声を潜めてエリシアに告げた。

「実はその、疫病が蔓延しているのです。王妃様に於かれましては、どうか外の空気をお吸いになりませんようにとのお達しが陛下から……」

「疫病？　どんな？」

「黒死病です。全身が黒く染まり、高熱で死んでしまうのです」

さも恐ろしいというように、侍女は両手で自分を抱きしめた。

（黒死病……）

エリシアは記憶の棚を探ってみたが、そういう病気に関する記憶はなかった。別段恐怖も湧かなかったから、きっと本当に、記憶にないのだろうと思った。記憶はなくても、根元的に恐ろしかったことや懐かしいことに関しては、少しは心が動くものだということをエリシアは学習していた。

「城下で流行っているってことよね？　人手は足りているの？」

「え、ええ……慈悲院の者たちが手当を……」

侍女の口振りから、エリシアはそれが嘘なのだと察した。

この戦時下で、城下や城内で疫病が流行ったりしたら、致命的な打撃になり得ることくらい容易に想像がついた。

「わたしも手伝いたい。下に行く扉を開けてちょうだい。あなた、衛兵に言えば鍵を貸してもらえるでしょう」

「な、何をおっしゃるんですか！　王妃様が下々の手伝いだなんて、とんでもない！」

侍女は、首がもげてしまうのではないかというくらい激しく首を振ったがエリシアは聞き入れない。

「わたし、体は丈夫なのよ。丈夫な人間が働いたほうが合理的でしょう」

「ご、ごうり……？　申し訳ございません、王妃様のおっしゃることが、よくわかりません……」

侍女は困ったように眉根を寄せた。そもそも自分は王妃ではないのだけれど、と言っても無駄だろうから、エリシアはそれは言わなかった。

（ランスロットは、あの窓の下の崖を降りたと言っていたわ。わたしにも降りられるかしら）

エリシアはそれも考えたが、どう可能性をいじくっても無理な気がした。

（やめておこう。死んだら元も子もないし）

だったらまだ侍女を脅して、もとい、頼み込んで階下への扉を開けさせたほうがマシだ。

　エリシアは、今にも逃げ出しそうな侍女に執拗に食い下がった。

「鍵を貸してよ。王に怒られたら、わたしに殺されそうになったと言えばいいわ」

「め、滅相もございません……！」

「あの男はわたしには甘いから、あなたを殺させるようなことはわたしがさせないわ。それは確実に約束できるわよ」

「そんな無茶な……！　どうか、お許しを……！」

　さすがに選び抜かれてここに置かれている侍女は、容易にランスロットを裏切らなかった。

　床にひれ伏してがたがたと震え始めた侍女の姿を見ればさすがに気の毒になり、エリシアは説得を諦めることにした。

「わかりました。まったく、何が人魚姫よ。なんの役にも立たないわね」

「あ、あの……」

「どうかした」

　誰に聞かせるでもなく独りごちたエリシアの言葉に、侍女がはっと顔を上げた。

「え……いいえ……あの……」

侍女はきょろきょろと忙しなく辺りを見回した。黒死病騒ぎのせいか、辺りに人はいない。皆、病人の世話や後始末に駆り出されたのだろう。

そのことが侍女に、何かを決断させたらしかった。思い切ったように彼女は口を開いた。

「お、畏《おそ》れ多くも、王妃様に、お願いの儀がございます」

「な、なに？」

いきなり跪《ひざまず》かれ、スカートの裾にしがみつかれ、さすがにエリシアも驚いた。侍女の声は必死だった。

「わたくしの孫が、黒死病に罹《かか》ってしまったのです」

「それは……気の毒ね。ランスロットに言って、薬をもらいましょう」

「いえ、お薬はすでに賜りました。城の者は優先して治療を受けられますから。けれども、薬はほとんど効かないのです……」

てっきり薬が欲しいという願い事だと思ったから、エリシアはますます不思議に思った。薬以外に、一体何を望むのだろうか、と。

「もしかして、もっとよく効く高価な薬があるの？　だったら、必ずとは約束できないけれど、それも聞いてみるわ」

何もかもランスロット頼みで、言っていてエリシアは情けなくなったが、病人を助けるためなら使えるものはなんでも使うつもりだった。その恩を踏みにじってエリシアが逃げ出したって、ランスロットは別に病人を罰したりしないだろうという打算もあった。

エリシアに対しては理不尽極まりないが、彼は臣下や領民に惨《むご》いことはしない君主であった。

（そういう人が、どうしてわたしにだけは理不尽なのかしら）

改めて考えると腹が立ったが、それはさておきとエリシアは侍女に続きを促す。

「教えて。何が望みなの？」

侍女は意を決したように面を上げて、やっと望みを口にした。

「王妃様の……人魚姫様の、血の一滴を、賜りたく存じます」

「血……？」

エリシアの碧眼が、きょとんと見開かれた。

「血って、そんな物をもらってどうするの？」

「人魚姫様の血や肉や涙は、不老不死の妙薬であると言い伝えられております。たとえどんな業病でも、人魚姫様の血なら、或いは……」

「そ、それは……」

エリシアは覿面に口籠もる。それを言っていいのかどうか迷ったが、こうなれば言うしかない。

「わたし、人魚姫なんかじゃないの……ただの、人間よ」

「あなた様がご自分で、それを忘れられているだけだと陛下はおっしゃってました。あなた様は本物の人魚姫様なのです」

（そんな……）

真剣極まりない口振りで、侍女は尚も縋《すが》るのだった。

「お願いします。お願いします。孫はまだ三つになったばかりなのです。この姿の命は惜しくはありません。この首でよろしければいくらでも差し上げます。なにとぞ、人魚姫様のお情けを……！」

「く、首なんていらないったら。怖いことを言わないで」

エリシアは首を振り、慌てて侍女を立たせた。

「ここじゃ誰かに見られるかもしれないわ。部屋の中へ。あなたは部屋に入ることをランスロットに許されているでしょう」

「おお、王妃様、それでは……！」

侍女の目が期待と希望に輝くが、エリシアだって迂闊《うかつ》なことは約束できない。部屋の扉をぴったりと閉めさせてから、エリシアは念を押した。

「血が欲しいなら、一滴くらいあげるわ。但し、効かないわよ。絶対に、効くわけがない。それでもいいなら、気休めに持って行きなさい」

「ありがとうございます！　ありがとうございます！」

感謝に噎《むせ》び泣く侍女の勢いに押されて、エリシアは香水を入れるための小さな瓶を取り出した。

ナイフはなかったから、ネックレスの留め具を変形させ、その先端で自分の指を突き刺す。鋭い痛みが、指先を襲う。

溢れ出した血を、エリシアは瓶に移した。赤い血の粒が、瓶の中でねっとりと転がる。

「みんなには絶対に内緒だからね」

「はい、それはもう……！　あ、あの、今すぐこれを、孫に……！」

「いいわよ、届けに行っても。代わりの侍女はそうね、ターニャがいいわ。あの娘とカードゲームがしたいからとわたしが言えば、交代させられる。あなたは口うるさくて邪魔だから、家に戻したと言うわ」

「ありがとうございます！」

何度も何度も頭を下げながら、年老いた侍女は去っていった。残されたエリシアは、なんだかどっと疲れを感じてソファに身を投げ出した。

「効かないって、わたし、言ったからね……」

老婆の落胆を思うと、エリシアは今から気が重い。

「こんなことになったのも、全部、ランスロットが悪いんじゃない……」

彼が、人魚姫が妻だなどと言わなければ、あの侍女だってそんな夢を見ないで済んだのにと思うと、侍女が哀れであると同時にランスロットにますます腹が立った。

◆◇◆

予想もしなかった吉報と凶報が同時に舞い込んだのは、その夜のことだった。昼間、エリシアから血を受け取った侍女が、息せき切って戻ってきたのだ。

「王妃様！　王妃様に、どうかお目通りを！」

この城に最も長く務めている侍女のただならぬ様子に、衛兵たちまでもが目を瞠《みは》る。若い衛兵が困ったようにエリシアに目通りを許すかどうか聞きに来たので、エリシアは仕方なく許しを出した。

（効かなくて、わたしを責めに来たのかしら）

少し気鬱《きうつ》になりつつエリシアは自室に侍女を入れた。入室を許されるなり、侍女はエリシアの足下に跪いた。

「ありがとうございます、王妃様！　孫が、治りました！」

「ええ!?」

その報告に、誰よりも驚いたのは他でもないエリシアだった。思わずソファからずり落ちそうになりつつ、エリシアは確認した。

「ちょっと……それは、本当なの？　あなたの勘違いではなくて？」

「勘違いなどではございません！　孫はもうすっかり元気に駆け回っております！」

「それは……もともと、ただの風邪か何かだったんじゃないの？　黒死病ではなくて」

そうでないと辻褄が合わないじゃないかとエリシアは言いたかったのだが、侍女は極めて本気だった。

「いいえ、いいえ、確かに孫は、今朝まで死にかけておりました。全身が真っ黒で、口から血の泡を吐いていたのです。わたしが城から戻る頃には、きっと命は尽きているだろうからと、娘婿たちは葬式の準備をしておりました。それが……おお……王妃様のお陰で……！」

そう言ったきり、侍女はさめざめと泣いて言葉にならない嗚咽《おえつ》を漏らす。そんなふうに感謝感激されても、エリシアにはどうしていいのか戸惑うばかりだ。

（そんな……絶対、何かの間違いでしょ……）

呆然《ぼうぜん》とするエリシアを現実に引き戻したのは、開け放たれた扉の軋む音だった。エリシアははっとそちらを見遣った。

部屋の外にいた衛兵や他の侍女たちが、どっと押し寄せ、エリシアの足下に跪き、口々に叫んだ。

「うちにも黒死病で死にかけた息子がおります！　どうか、王妃様の血を……！」

「うちは女房が……！」

皆、扉の外で聞き耳を立てていたのだろう。老いた侍女に負けぬ懸命さだ。侍女や衛兵が、貴人に頼み事をするのは本来、禁忌だ。貴人の癇《かん》に障れば、その場で首を刎《は》ねられることも珍しくはない。

その危険を冒してでも、彼らは家族を救いたいのだろう。その気持ちが痛いほど伝わってくるから、エリシアは立ちすくむしかない。

「ちょっと待って。わたしは、本当に……」

「一滴！　一滴でいいんです！」

「このことはこの場にいる者たちだけの秘密とします！」

「そんなことを言われても……」

そういう約束だったはずの老侍女だって、声の大きさでばれた。必死の人間というのは、時に恐ろしく理性を欠いた行動をする。

エリシアは溜め息をついて、結局彼らに血を与えた。

「香水の瓶を持ってきて。中身が空の物があるでしょう」

「おお、王妃様……！」

「但し、効かないわよ。今回効いたのはただの偶然で、奇跡なんかじゃないとわたしは思ってますから、効かなくても恨まないでよね」

「お恨み申し上げるなど、とんでもない！」

「我ら下々の者に、希望を下さるだけでも……！」

謝辞の嵐に揉まれながら、エリシアはたった一つのことが心配だった。

（失血死するんじゃないの？　これ……）

程々のところで、これがデマなのだと皆に知れて欲しい。実際に血を飲ませて、治らなければ目を覚ますだろう。

そこには絶望が残るだろうが、有りもしない希望を抱き続けるよりはマシなのだと、その時のエリシアは信じて疑わなかった。


斯《か》くして事態は、エリシアの予想とはまるで真逆の方向へ転がった。翌朝を待つまでもなく、『奇跡』は矢継ぎ早に報告された。

「治ったぞ！　うちの息子の黒死病が治った！」

「うちの女房もだ！」

皆、エリシアから血を与えられた者ばかりだった。彼らが息せき切ってエリシアに礼を言うたびに、奇跡の血が欲しいという者は増えていった。当然の成り行きだった。誰だって命は惜しいし、身内を救いたい。

噂《うわさ》が噂を呼び、城の前には病に罹った民衆が大挙して押し寄せた。それを押しとどめるべき衛兵たちまで列に並び始めたのだから、もはや収集不可能だ。

（どうしよう……）

あまりの騒ぎの大きさに、エリシアもさすがに困り果てた。

本当に効くのなら血を分けてやりたいが、たとえほんの一滴とはいえ、黒山の人だかりを構成している民全員に配給するのは不可能だ。それこそ配り終える頃には、エリシアが失血死してしまう。

（ていうか、本当に本当に、効いてるの？　わたしの血が？）

まずそもそも、エリシアにはそれが信じられない。もし本当に、不治の病に対して自分の血が効くのなら、自分は本物の人魚姫であるということになってしまうではないか、と。

（そんな、まさか……）

王宮の奥深くで、群衆の声を聞きながら、エリシアは呆然とするしかなかった。ほんの気休め程度のつもりで与えた血の一滴が、これほどの騒ぎになるなんて予想だにしていなかった。

王の留守を任されていたのは、例によってアルデバラン公キルヒミルドだ。キルヒミルドは、懸命に事態の収拾に当たっているようだ。矢も楯《たて》もたまらずエリシアは、キルヒミルドを自室に呼んだ。

「外の様子はどうなってるの!?」

「あなた様にお知らせすることは何もありません」

王の忠実なる腹心、キルヒミルドは、王を敬わないエリシアに対して冷たかった。本当ならキルヒミルドに頭を下げて聞きたくなんてなかったが、今はそんなことを言っていられないからと、エリシアはまずこうべを垂れた。

「わたしのせいでしょう、ごめんなさい！　暴動みたいになりかけているのではないの？　わたし、耳がとてもいいのよ。ここにいたって聞こえるわ！」

「それは、その……」

エリシアの思わぬ素直さに、キルヒミルドがたじろぐ。

「群衆は、人魚姫様の血が欲しいと言って城の前から動きません。大変なことをなさいましたね。一人、二人に与えれば、我も我もと押し寄せてくるとはお考えにならなかったのか」

「わたし、自分が本物の人魚姫だなんて、思ってない……」

エリシアはじっと俯《うつむ》いた。

「今だって、本当に自分の血が病に効いただなんて、信じられないのよ……！」

「しかし、あなたはすでに四人の患者を治癒してしまった。それも、末期で死にかけている患者ばかりだ。軽症で、若く体力のある者は自然治癒することもあるが、末期の幼い者が助かるなんて今までになかったことです。これは奇跡とお認めになるしか……」

「本当に、本物なら……わたしの血は、全部あの人たちにあげる」

思い詰めた末、エリシアが発した言葉に、キルヒミルドは眉根を寄せた。

「私は人魚姫様について詳しくは存じ上げないのですが、人魚姫様というのは、体中の血を失っても死なないものなのですか？」

「死ぬわね、多分」

「じゃあ駄目でしょう！　何をおっしゃってるんですか！」

「仕方ないじゃない！　病気の人がいるのよ！」

今にも外に飛び出して行きそうなエリシアの腕を、キルヒミルドが摑んで止める。

「お待ち下さい！　陛下のご裁断を仰ぎましょう！」

「なんでランスロットにいちいち聞かなきゃいけないの!?」

「逆になぜ、お聞きにならずとも構わないと思われるのでしょうか⁉　ここは陛下の治められる国で、外にいるのは陛下の民ですよ！」

尤《もっと》もなことを言われて、さすがにエリシアも黙る。どのみち、外には出してもらえないだろう。

エリシアが飛び出さないように制止しながら、キルヒミルドは言った。

「陛下に早馬を出しました。ちょうど鎮圧戦も終わりかけている。すぐに戻られましょう」

「……ランスロットは……」

言いかけてエリシアはやめた。キルヒミルドが、怪訝《けげん》そうな顔をする。

「なんです」

「なんでもないわ」

これをキルヒミルドに聞いても詮《せん》無いと、エリシアは口を閉ざしたのだった。

ランスロットは、民の命とエリシアの命を天秤にかけなければいけなくなったら、果たしてどちらを取るのだろうか。

そんなことが気になる自分のことが、エリシアは嫌になった。

日没を待たずに、ランスロットは早馬で駆け戻った。エリシアはなんだか会わせる顔がなく、自室の奥に引きこもっていた。

石の階段を駆け上る音がする。それがランスロットなのだと、エリシアには足音でわかった。無駄と知りつつ、エリシアはカーテンの陰に隠れた。

息せき切ってランスロットが扉を開けた。

「エリシア」

名前を呼ばれて、エリシアはびくりとする。そういえば、あまり名前を呼ばれたことがなかった。そもそも彼は極端に口数が少ないのだから。

肩を震わせたせいで、カーテンに隠れていることがばれてしまった。

肩を震わせなかったとしても、こんなのは隠れているうちに入らないだろうけれど、エリシアはほんの数秒でもランスロットに会うのを遅らせたかった。

それくらい、気まずかった。

「エリシア」

もう一度名前を呼んで、ランスロットはカーテンの陰からエリシアを引っ張り出す。

エリシアも渋々、ランスロットの前に立った。

「どれだけ血を流した」

どうやら事の仔細《しさい》は、キルヒミルドから聞いているようだった。

真剣な顔で尋ねられて、エリシアは包帯も巻いていないそのままの指先を突き出した。

「少しよ。ほんとに、指先をちょっと切っただけ」

エリシアの指先には、すっと線を引いたような傷があった。血はとっくに止まっている。

エリシアが殊更に傷の浅さを強調したのは、エリシアに血を与えられた民が罰せられるのではないかと危惧したせいだった。

ランスロットはエリシアの手首を掴み、じっと傷口を凝視した。久々に間近で見るランスロットの顔に、エリシアの胸が知らずに高鳴る。

（なんだか、疲れて見える）

ランスロットの頬に、少しだけ影が差しているように見えて、エリシアは気になった。国境付近から休まずに馬を飛ばしてきたのだろう。

そんなことをさせてしまったのが自分なのだという事実が、エリシアの胸を重くさせる。

エリシアの言葉通り、傷が浅いものなのだと確認すると、ランスロットはすぐに踵を返して部屋から出て行こうとした。

「どこへ行くの？」

思わずエリシアが後を追う。もし彼が民を罰しようとしているのだとしたら、止めなければいけないと思った。

けれどもランスロットは、冷静だった。

「城の前に集まった群衆を鎮めないといけない」

「そんな方法があるの？　わたしが、血を差し出せば……」

「おまえが顔を見せると騒ぎが大きくなる。ここで待っていろ。すぐに終わらせてくる」

「あのっ」

急いで立ち去ろうとするランスロットに、エリシアは初めて追いすがった。

「集まっている人たちに、酷いことはしないで。わたしのせいなの。わたしが、よく考えずに血を与えたりしたから」

「そんなことは」

そんなことはしない、とランスロットは言おうとしていたのに、エリシアは焦ってそれを聞き逃した。

「わたし、なんでもするから。わたしにできることなら、なんでもするから、あの人たちに酷いことはしないで！」

エリシアの健気な願いに、ランスロットは少し驚き、次に苦笑した。

「その言葉、忘れるなよ」

それだけ言い残すと、彼は出て行った。


ランスロットが姿を現すと、群衆の騒ぎは頂点に達した。

「王！」

「王だ！」

「ランスロット陛下！　どうか我々にも人魚姫の奇跡を！」

城の前面を見下ろせるバルコニーに立つと、ランスロットは集まった群衆に向かって叫んだ。

「血は与える！　但し赤子が最優先、次が幼児だ。年の若い順から並べ。血を与えるのは、一日十人までとする。それで文句のある者は、斬る！」

ランスロットの発した胴間声に、一同がしんとなる。静寂の後に、不満の声があがった。特に、老人たちからだ。

「そんな……わしらはこの国のために長年働いてきたのに、王はわしらに死ねというのか」

「黒死病で家族が死んだ者には、見舞金を出す。金を出す優先順位は、年齢の高い順だ」

ランスロットがそう言うと、騒ぎの半分は収まった。子を抱えた女と若者は、特に静かになった。

エリシアとともに、物陰でそれを聞いていたキルヒミルドが、感心していた。

「なるほど、素晴らしい案だ。嫌な言い方だが、年寄りが死んで金が入れば家族は喜ぶ。反乱が起きた場合、主戦力になるのは青年たちだ。自分の優先順位が多少下がっても、年寄りが死んで金が入るなら青年たちも反対しにくいだろう。この辺りの集落は大家族が多いからな」

「それって、酷い話じゃない……？」

少し考えてエリシアが言ったが、キルヒミルドは薄く笑っていた。

「では他にどんな方法が？　赤子や幼児ばかりが死ぬと、数十年後、国が立ちゆかなくなります。人間は生まれてきた順番に死んでいくのが一番いいのです」

「う……」

そもそも騒ぎの原因となったのは自分だから、エリシアもそれ以上は反論できない。それを今、なんとかしてくれたのは、確かにランスロットなのだから。

戻ってきたランスロットに、キルヒミルドが周囲を憚《はばか》りながら尋ねた。

「貴族はどうしますか。彼らに臍を曲げられると厄介だ」

「適当な獣の血を渡せ。連中を間引くいい機会だ」

「な……」

近くで聞いていたエリシアが、また目を丸くする。大声を出されると困るからと、キルヒミルドがエリシアの口を押さえて囁いた。

「陛下はご説明なさらないでしょうから、わたくしからお教えします。この国の門閥貴族の皆様方は、私服を肥やし、あなた様の大嫌いな奴隷売買に熱心ですよ。少々淘《とう》汰《た》されて頂くと、民の税は減りますし自由の身になる奴隷も増えます。如何《いかが》なさいますか」

「少し驚いただけよ。反対だなんて言ってない」

エリシアがキルヒミルドの手を振り払うと、何か含みのある顔で、ランスロットが確かめた。

「おまえたちは、仲睦まじいのか」

「とんでもない！」

「冗談じゃないわ！」

図らずもキルヒミルドとエリシアの声が重なる。二人は弾き合う石のように、激しい勢いで離れた。初めてエリシアとキルヒミルドの意見が合致した瞬間だった。

6　人魚姫愛戯

事態が急転したのは、その翌日のことだった。

前日の騒動の後、ランスロットは夜を徹しての軍議があると言っていたから、エリシアは一人、部屋で休んでいた。

久しぶりに帰って来たのに、ランスロットは寝室にやってこない。一抹《いちまつ》の寂しさを感じないでもなかったが、そんなことはエリシアはおくびにも出さなかった。そんなのは認められないし、知られたくもない。

眠れぬ夜を一人で過ごすエリシアの脳裏に浮かぶのは、ランスロットの顔ばかりだ。

（ランスロット、なんだか顔色が悪かった）

一昼夜、寝ずに早馬を飛ばしたせいだろう。いくらランスロットが屈強な騎士王だとはいえ、それで疲れないはずがない。

（黒死病は、体力のない者やもともと弱っている者が罹《かか》りやすいと聞いたわ）

エリシアの胸にふと、暗雲が過ぎる。よもや、ランスロットが病に罹ったりはしないだろうか、と。

広場には大勢の黒死病患者が押し寄せていたし、急ぐ道中、病人とまったく接しないで来られたとも思えない。

月が昇り、また沈むまでの間、エリシアは遂に一睡もできなかった。

いよいよ太陽が昇る頃、ようやくうとうとし始めたエリシアの耳に、昨日とは違う喧噪《けんそう》が届いた。

「大変だ！　陛下が、黒死病に……！」

エリシアははっとして瞼《まぶた》を開け、ベッドから飛び起きた。

（夢……？）

夢とうつつの狭間にいたから、エリシアはその声がどちらの世界に属するものなのか、俄《にわか》には判断できなかった。が、普通の人間には聞こえるはずのない遠い囁《ささや》きも、エリシアの鼓膜は漏らさず拾ってしまう。

広すぎる王の寝台は、エリシアくらいの体格の女が五人くらい寝てもまだ余るだろう。シーツの海を掻《か》き分けるように、エリシアはベッドから降りて裸足のまま床を走る。

エリシアが裸足で部屋から出てきたのを見つけて、侍女が慌てて室内履きを持って駆け寄る。

「まああお妃様、おみ足が……」

「ランスロットはどこ!?」

差し出された室内履きに足を通すこともせず、エリシアは叫んだ。

侍女は、どきりとしたように目を逸《そ》らす。

「さっき、声が聞こえたわ！　ランスロットも、黒死病に罹ったのではないの!?」

「それは、その……」

口止めされているのだろう。侍女の返事はもごもごと要領を得ない。とても待ってなんかいられないと、エリシアは階段に向かって走り出した。

「あっ、お待ち下さい、お妃様！」

「道をあけなさい。通してくれないなら、窓から飛び降りてでも行くわ」

エリシアの脅しに、階段の見張りに立っていた近衛兵は存外あっさりと道をあけてくれた。

「どうぞお通り下さい。陛下のもとへ行かれるのでしたら、お通ししても構わないと言付かっております」

「そ、そう、なの……？　ありがと」

てっきり揉《も》み合いになると覚悟していたエリシアは、なんだか肩すかしをくらったような気分だったが、とまれ、今はランスロットに会うのが先だ。道案内の代わりに、議場へと続く道にはずらりと歩哨《ほしょう》の兵が立っていた。

議場は、堅牢な石で造られた地下に設えられていた。敵国に攻め入られた時に、地下通路から脱出するためだろうと思った直後に、エリシアははっとした。

(どうして、わたし、地下通路の存在を知っているんだろう?)

通常、脱出用の地下通路の存在は機密中の機密だ。

なのに自分が当たり前のようにその存在を知っていることに、エリシアは驚きを隠せない。

自分はやはり、この城に『いた』のだ。

ランスロットとともに。

(今は……そんなこと、考えてる場合じゃない)

思い出すのは後でいいと自分を鼓舞して、エリシアは走る。この城にエリシアを止める者はいない。ランスロット以外には。

議場の前に着くと、中からはっきりと言い争うような声が聞こえてきた。

「貴様らがついていていながら、なぜ陛下がご病気を召されるのだ! このうつけ者どもが!」

（キルヒミルド？）

激しい勢いで叫んでいる声は、キルヒミルドのものだった。彼らしくもないその言葉に違和感を得て、エリシアは暫《しば》し、ドアの前で立ち止まる。

「わ、我々は道中、しっかりとお供致しました！　しかし、陛下が馬を操れば、この国で一番速いのです！　とても、ぴったりとお供することは……」

口論の相手は、貴族議員の誰かだ。エリシアは貴族たちの顔と名前と声をまだすべては把握できていないから、声の主まではわからない。

「黙れ！　貴様らの兵は案山子か！」

再び怒鳴るキルヒミルドの声。

「控えよ。陛下の御前ぞ」

窘《たしな》めているのは、元老の誰かだろう。そこまではわかった。エリシアは黙ってドアを開けようとした。

「くっ……」

しかし重い石でできた扉は、途轍《とてつ》もなく重かった。

それを一人で開けようとするエリシアの蛮勇を見かねて、近衛兵たちが駆け寄ってきた。

「王妃様、我々が開けます。少々お待ちを」

「ありがとう。馬鹿みたいに重いのね、これ」

近衛兵たちは苦笑いしてエリシアを見送った。議場に入るなり、エリシアは真っ青になった。

「ランスロット！」

思わず名を叫び、エリシアは彼に駆け寄った。ランスロットは石の床に、自らの外套《がいとう》を敷いて横たわっていた。昨日よりもっと顔色が悪い。黒い睫毛《まつげ》も、閉じられている。

「どうしてこんな所に寝かせておくのよ！」

反射的にエリシアは、ランスロットを庇《かば》うようなことを口走っていた。そのことに驚きながらも、キルヒミルドが説明した。

「それは、王が……御自ら、望まれたことですから」

「今、起きる」

答えてランスロットが上体を起こす。エリシアは思わず、彼の肩に触れ、押しとどめようとしていた。

「起きては駄目！」

エリシアの言葉に、ランスロットが一瞬、驚いたように動きを止める。まるで彼自身、何が起きたのかわかっていないような顔だった。それを見てエリシアは、はっとして手を離す。

自分が何をしたのか、自分でもよくわからないような、不可思議な感情があった。

取って付けたようにランスロットが説明した。

「黒死病ではない。騒ぎが間違って広まったのだ。少し疲れただけだから、半日も休めば治る」

言いながらランスロットは立ち上がる。一度は離れたくせに、エリシアは彼の肩に手を触れた。自然と体が動いていた。

「わ、わたし」

無意識に、エリシアは彼の服の裾を摑《つか》む。

「ついて行っても、いい……？」

まったくエリシアらしくもない、控え目な聞き方だった。

ランスロットのほうは、あまり表情には出ていないがさっきから驚愕《きょうがく》の連続のようだ。が、応じる声は優しかった。

「俺の閨《ねや》は、おまえの部屋だ」

ランスロットは人払いをし、エリシアだけを伴い、自室へと戻った。歩くことはできるようだったが、エリシアが触れたその躰《からだ》は、酷《ひど》く熱かった。

おまえの部屋だとは言われたものの、実質、そこは王の居室だ。広いベッドにランスロットの体を横たわらせると、エリシアはその傍《かたわ》らに椅子を持ってきて座った。

ランスロットは、相変わらず喋《しゃべ》らない。

ただでさえ口数が少ないところへ、病気になればもっと喋らなくなって当たり前だろうとエリシアは途方に暮れた。

何せ、そばにいても会話がない。

手持ち無沙汰で、エリシアは目を閉じている彼の顔をゆっくりと眺めた。

（やっぱり、顔色が悪い）

医師には諭せたと言っていたが、医師の勧めに従って大人しく休むような性格でないことは見ればわかるし、戦乱の続く時勢ではいっときも安らぐこともできないのだろう。

（それに、なんだか少し、痩《や》せたようにも見えるわ）

精悍《せいかん》な曲線を描くその頬《ほお》に、エリシアはふと触れてみたくなる。が、触れてしまったら彼は目を開けるだろう。

そうしたらこんなふうに、じっくりと顔を見ていられない。だからエリシアは躊躇《ためら》った。

できればずっと、目を閉じたランスロットの顔を見ていたいような、不思議な気持ちでいた。

触れずとも視線を感じたのか、ランスロットが薄く目を開けてエリシアのほうを見る。

「どうした」

「べ、別に……」

エリシアのほうが、慌てて目を逸《そ》らす。

なんとも気まずい空気だった。ランスロットはエリシアに変化がないと知ると、再び目を閉じる。

(わたし、ここにいないほうが、いいんじゃないかしら)

自分がいると気になって、休めないのではないか。

今更にそんなことが気になり始めて、エリシアは椅子から腰を浮かせた。途端に、ランスロットに腕を掴まれる。

「どこへ行く」

「他の部屋に」

「ここにいろ」

「でも」

エリシアはその手を、振り払わなかった。手のひらが熱っぽく感じられた。

「ここにいても、いいの……？」

また遠慮がちに聞くエリシアに、ランスロットは言った。

「なんでそんなこと、聞くんだ」

「なんで、って……」

エリシアは、彼の手に自分の手を重ねた。

「ゆっくり、休めないと思ったから」

「眠いわけじゃない。今日だけは典医どもの言うことを聞いて、大人しくしてるだけだ。今動くと後がうるさい」

宮殿の医師は、どうやら有力貴族の家系らしかった。王を病気にしないことを至上の命題としているらしく、それを無下にあしらうと後が面倒なのだとランスロットは説明した。

王とはいえ、意外に独裁的ではないランスロットに、エリシアはほんの少しだけ心を和ませた。

引き留めるために摑まれた手を、エリシアはそのままにした。今はこうして、手を繫《つな》いでいてもよかった。

正確には手を繋いでいるのではなくて手首を摑まれているのだけれど、それでもよかった。

(わたしじゃ、看病もできないのに)

医師ならば何か有効なことができるだろうが、自分はただ、そばにいることくらいしかできない。

エリシアには、それがもどかしかった。

彼は自分の窮地を救ってくれた。そのことがエリシアの心に、明らかな変化をもたらしていた。

「ね、ねえ」

目を逸らし、遠慮がちに、エリシアは提案してみた。

「人魚の血って、万病に効くんでしょう？　黒死病じゃ、なくても……」

自然と頬が紅潮する。他の者には気楽に言えることが、ランスロットにだけはエリシアは言えない。

なぜだか、言いにくいのだ。

「その……あなたにも、効く……？」

自分の血が本当に万病に効くのなら、その用途は黒死病に限らないはずだ。それがランスロットの『症状』にも効くのなら、エリシアはランスロットにこそ血を飲ませたいと思った。

ランスロットは、やはり少し不思議そうな顔をした後に、何か悪戯《いたずら》を思いついた子供のように笑った。

「……血、以外のもののほうが、効く」

「え？　なに？　まさか、生き肝、とか……？」

それはさすがにあげられないと、エリシアはぶるぶる首を振る。摑んだままでいたエリシアの手首を、ランスロットは自分のほうに引っ張り寄せた。

「そんな物騒なものではない。耳を貸せ」

言われるままに、エリシアは彼の口元に耳を近づけた。囁かれたその言葉に、エリシアは赤らんだ顔を更に真っ赤にして、慌てて飛び退く。

「ば、ばか……っ」

そんな恥ずかしいこと、できるわけがないだろうとエリシアは口をぱくぱくさせてジェスチャーで訴える。

が、ランスロットには通じない。

「最近、外征ばかりで『摂取』していなかった」

「そ……な……っ……そんな、の、効く、わけ……っ」

「俺を助けたいんだろう？」

畳みかけるように言われて、エリシアは降参してしまう。助けたいのは、嘘《うそ》ではないからだ。

「なんで、そんな……えらそう、なのよ……っ」

もう少し謙虚に頼めないの？　とまったく謙虚でない態度で文句を言って、エリシアは彼に唇を近づけた。

「ン……ッ」

後頭部に手を添えられ、ぐっと引き寄せられる。

エリシア自身からはそっと触れるだけだったキスが、深さを増す。捩《よじ》れるように唇が密着する。

（熱い……）

触れた唇も、熱かった。

やはり熱があるのだとエリシアは思った。

（熱……あるのに、変なことして、いいの……？）

そのことのほうがエリシアには心配だったが、ランスロットの行為は止まらない。

自分の横たわる寝台にエリシアを引っ張りこんで、悠々と自分の上に抱く。

「ちょ……っ」

ふんわりとしたドレスの裾が、ランスロットの上で拡がる。着衣を介してでも伝わ

ってくる熱に、エリシアは戸惑う。

「あ……ッ」

ランスロットの胴を跨《また》ぐような格好で抱かれているエリシアの胸に、ランスロットの両手が伸びる。下から掬《すく》うように乳房を持ち上げられ、エリシアはきゅっと目を閉じた。

「服」

短く、淡々とランスロットが言った。

「自分で、脱いでくれないか」

「……ッ……」

いつもなら「誰が」と即答するエリシアも、今日ばかりは反発しない。自分のせいでランスロットが寝込んでいるのだから、と。

「……目を、閉じていて」

恥ずかしそうに言って、エリシアは胸元のリボンをほどく。ふんわりと盛り上がったレースが取り払われると、白い丸みがこぼれ落ちるようにあらわになる。ランスロットの手が、エリシアの括《くび》れた腰に回される。

「や……ッ」

彼のほうへ倒れこむ形で引き寄せられて、エリシアの胸の膨らみが、ランスロットの顔に密着させられた。

ふにゃりとマシュマロのように柔らかく、弾力に富んだそれにキスしてから、ランスロットは先端の突起を口に含んだ。

「あ、……ン……ッ」

他の部分とは違う、なめらかで傷一つないその表面が、男の口の中で徐々に硬く凝《しこ》っていく。

背筋を駆け上ってくるぞくぞくとした感触に、エリシアは身悶《みもだ》えたくなるのをじっと堪《こら》えた。

(嫌……変な、感じ……)

彼の言った通り、自分は過去に、彼とこういうことをしていたのだろうか？

それはエリシアがずっと、考えることを避けていた、『見知らぬ過去』だった。

(フェンリル王に、抱かれていたっていうのは……)

もし事実だとしたら、自分はどうしたらいいのだろう。何せ、まるで覚えていないのだ。どうしようもできない。

ただ一つわかるのは。

「やぁ……っ」

勃起《ぼっき》し始めた突起を銜《くわ》えられ、優しく引っ張り出されて、エリシアは思わず、ランスロットの頭を抱いていた。

シーツの上に立てた膝が、震える。

エリシアの肉体は、この行為を、嫌がってはいない。

「ん……っ……」

口の中で尖《とが》らせられた突起が、悦《よろこ》びに震えている。熱い舌で、ぬるぬると刺激されるたびに、下腹の奥が熱くなる。恥ずかしい部分が濡れていくのを感じて、エリシアは焦りを感じた。

(下着が、濡れてしまう……)

それが嫌だったからエリシアは、一旦ランスロットから離れようとした。が、ランスロットはエリシアの上体を押さえて、放さない。

「待っ、て……っ」

甘く息を乱しながら、エリシアが懇願した。

「脱ぐ、から……わたし、自分、で……」

「恥ずかしいんだろう」

彼らしからぬ悪戯っぽい口調で告げて、ランスロットはドレスのスカートに手を入れた。

「あ、ン……ッ」

太腿《ふともも》の上部で結ばれた下着のリボンを引っ張られ、てっきり脱がされるのだと思ってエリシアは無意識に内股を震わせる。が、予想に反してその指は、リボンを解かなかった。

代わりに薄い絹の布越しに割れ目をなぞられ、エリシアの熱い部分がヒクッと痙攣《けいれん》する。

「ふあぁっ……」

「着けたままでいいぞ」

そう言われれば、自ら脱ぎたいとは言いにくくなる。

仕方なしにエリシアがそのままでいると、ランスロットの愛撫《あいぶ》はますます緩慢さを増した。

「う……ン……ッ」

脇腹から乳房までもするりと撫《な》でられて、エリシアは膝《ひざ》で下肢を支えていられなくなる。

へたりと腰を落とした先には、まだ服を着たままのランスロットの硬い部分があった。

「あぅ……っ」

布越しにそれに触れた途端、エリシアの媚肉《びにく》の奥が、何かを思い出したようにわななく。

また指先が、スカートの中に忍びこんでくる。下着越しに陰部を弄《いじ》られて、エリシアはもどかしさに泣きたくなる。

「そ、れは……ッ……あ、やだ、ぁ……っ」

余計に恥ずかしいとエリシアは抗議したが、ランスロットは聞き入れない。

「きゃぅぅっ……！」

下着越しに雌芯《めすしん》の尖りをつままれて、エリシアは仔犬のような敢《あ》え無い声を出した。つままれたままコリコリと上下にこすられ、時折指の腹で丸くなぞられて、エリシアの中はすっかり蕩《とろ》けてしまう。

（だめ……っ……そんな、に、したら……）

躊躇いまでもが蕩けていくようで、エリシアは恐ろしいのだ。エリシアはまだ、自分の心を知らない。

「キスを」

自分の上で喘《あえ》いでいるエリシアに、ランスロットは告げた。

「キスしてくれたら、やめてやる」

「……ッ……」

エリシアは一瞬、躊躇う。が、躊躇いは長くは保たなかった。

自然に引き寄せられるように、エリシアの唇が彼に近づいていく。小鳥が啄《ついば》むような淡いキスをすると、ランスロットはさらに淫行を激しくした。

「ン、ひぃっ……！」

下着の横から指を入れられ、熱くなりすぎている肉壺の中をいきなり掻き回されて、エリシアは唇を離し、あられもない声をあげた。蕩けきった肉孔は、節くれ立った男の指でまさぐられることを無意識に悦んでいた。

「嫌ぁっ……なん、で……っ」

ちゃんとキスをしたのにとエリシアが涙目で抗議すると、ランスロットはエリシアの唇を舐《な》めた。

「下手だな」

言いがかりのようだとエリシアは思ったが、躰は言うことを聞かない。

「もっと上手くできたら、今日は終わりにしてもいいぞ」

「ン……ッ」

ちゅく……と音をたてて、エリシアはランスロットの唇を吸った。自ら舌を差し出し、彼の舌に絡めることさえする。

それがエリシアの精一杯だった。

（わたし……変に、なっちゃってる……）

恥ずかしい箇所に入れられている指の存在に、エリシアは支配されてしまっていた。指で中を弄られるたびに、肉の隧道《すいどう》のもっと奥が熱く疼《うず》いてしまう。どくどくと脈を打つのと同じ速さで、そこから何かが溢《あふ》れ出すようだ。

「やっ、らめ、ぇえっ……！」

中指を入れられながら、親指で直接真珠のような粒をぬるぬるとこすられ、エリシアの肉体は陥落した。

「あぅっ……ン……あぁっ……！」

指では足りない、とでもいうように、エリシアの肉孔はヒクつきながら絶頂に達する。

止め処《ど》なく溢れ出す蜜液が、ランスロットの指を伝い落ちる。イッているさなか、不意に指が後ろにぬるりと滑った。その行き先に気づいた途端、エリシアは激しく身を捩る。

「ひ、嫌ぁあっ……！　ど、して、そこ……っ！」

性器とは違う孔を指で探られて、エリシアは慌てて振り向いた。そこはまだ、未通だ。未通のはずだと、エリシアは信じている。

「ここを使われたことは？」

「な、ぃっ……そんな、の、あるわけ……っ」

エリシアは必死で反駁《はんばく》した。きっとランスロットは、フェンリル王とのことを言っているのだろう。

しかし、たとえ記憶になくても、『それ』はないはずだとエリシアは妙な確信を持っていた。

実際、エリシアのそこは処女のように震えている。

「ここで男を銜えるのが嫌なら、自分の好きなほうでしてみるか？」

ランスロットの意地悪な問いかけに、エリシアは首を縦に振ってしまった。快楽と羞恥《しゅうち》が綯《な》い交ぜになり、わけがわからなくなる。

ランスロットの指先が、エリシアの下着を引っかけて下ろす。エリシアの秘部を辛うじて隠してくれていた絹の布地が、エリシアの躰から離れていく。白い絹と紅い花《はな》弁《びら》の間に、とろりといやらしい蜜の糸がかかった。

ランスロットに腰を支えられたまま、エリシアは震える腰を落として行く。一番太く反り返った部分が、甘く蕩けた花弁に触れた途端、エリシアは「あっ……」と小さく声をあげ、動きを止めた。

（……大き、ぃ……っ）

すでに二回、味わわされたものなのに。

自分で入れるとなると、別物のように感じられた。エリシアは、中途半端な体勢のまま躊躇いを深くする。

それでもなんとか腰を落とそうとすると、濡れすぎているせいで亀頭の膨らみがぬるりと滑った。

「ふぁっ……ん……っ！」

敏感になりすぎている陰核や割れ目を硬いものでこすられて、エリシアの花弁からまた新しい蜜が噴き出す。くちゅ……と秘めやかに濡れた音が、密着した部分から漏れる。

「ン……ん……ッ」

いつまでもこうしてばかりはいられない。エリシア自身だって、こんな中途半端な状態はつらい。

なのに動けずにいるエリシアの腰を、ランスロットがいきなり落とさせた。

「あ、待っ……！」

遮ろうとした声は途中で嬌声《きょうせい》に変わった。

「きゃひぃぃっ！」

ずちゅっ、と泥濘《でいねい》を掻き混ぜるような音がした。太すぎる肉杭《にくくい》が媚肉を押し分け、一気に根元まで突き刺さった音だった。いきなり臍《へそ》の下あたりまで突かれて、激しすぎる絶頂にエリシアは軽く失禁した。

「あ、嫌ッ、嫌あぁっ！　見ない、でぇぇっ！」

なんてことを、と羞恥に身を捩るエリシアの姿に、図らずもランスロットは欲情を煽《あお》られたようだった。

エリシアの中で、ランスロットのものが更に大きさを増す。

「あぁ……っ……なん、で……ぇ……っ」

目一杯まで拡げられる感覚に、エリシアが身を捩る。疼《うず》く空洞が満たされることを、エリシアのそこは明らかに悦んでいた。

「ン……うぅ……っ」

ぴっちりと根元まで銜えこまされたまま、エリシアは動けずにいた。

（今、動いたら……）

またすぐに、達してしまいそうで、エリシアはそれが怖かった。

少しでも胎内の熱を冷まそうと、じっと耐えるエリシアの腰を、ランスロットがまた揺さぶる。

「うぁ、あン……ッ！」

彼の胸板に両手をついて、エリシアはされるままになる。やがてエリシアは無意識に、ランスロットにされる行為を甘受し始めていた。

腰を持ち上げられ、引き抜かれる時は息を詰め、力を入れる。すると、肉壁の疼く部分が陰茎で強くこすられる。腰を引っ張られるように落とされる時は、逆に力を抜く。

太いものの先端が、子宮口に当たるたびに、エリシアの下腹はびくびくと波打った。

「あ、アッ、だめ、えぇっ……！」

奥まで入れられたまま、胸の尖りを弄られて、エリシアは身悶えた。

敏感になりすぎている肉体は、もはやどこを弄《もてあそ》ばれても感じてしまう。

「あぅっ……ン……あぁっ……！」

やがてエリシアは、ランスロットに腰を摑まれなくても、自ら躰を動かし始めていた。

両膝に力をこめ、深く銜えこんだものをずるりと引き抜く。

「は、ぁぁっ……」

気持ちよさに、目が眩《くら》む。エリシアの、薄く開かれた唇の端から雫《しずく》が一筋、零《こぼ》れる。

「うァ、んん……ッ」

ずぢゅ、と卑猥《ひわい》な音をたてて、陰茎がエリシアの中に沈んでいく。熱く蕩けきった肉壁を、エリシアは拙《つたな》い動きで懸命にこすりつける。

「思い出したか？」

言いながらランスロットが、結合部分に手を伸ばす。肉棒をいっぱいに含んでいる入り口をなぞられて、あ、とエリシアが啼《な》く。

「おまえはこれが好きだったな」

「んぁ、あぁあっ……！」

淫孔にペニスを入れたまま、雌の尖りを指先でぬるぬると弄られて、エリシアは感極まった声をあげ、背筋を撓《しな》らせた。

胎内に熱いものを浴びせられながら、エリシアはランスロットの上に倒れこんだ。

7　過去の呪縛

それから暫《しばら》くは、平穏な日々が続いた。ランスロットは城にいることが多くなった。戦は大丈夫なのかとキルヒミルドに尋ねると、今は元老たちが敵国であるフェンリルと交渉中なのだという。

なぜエリシアがランスロットではなくキルヒミルドに尋ねるのかといえば、ランスロットは戦のことは何も教えてくれないからだ。

（どうしてわたしには何も話してくれないの？）

躰がいくら通じ合っても、心はまるで通じない。

それでも最近は、城にいることが多いせいか、以前よりはランスロットが微笑んでくれるようになったとエリシアは思う。それが錯覚でも自惚《うぬぼ》れでもないことは、キルヒミルドに確認済みだ。

エリシアがそう確かめるとキルヒミルドは、「何を当たり前のことを」という顔で言った。

「それは、エリシア様のほうが微笑まれるようになったからですよ。陛下はもともと、そんなに無表情な方ではありません」

指摘されてエリシアはむっとした。

「そんなことないわ」

「そんなことあります。陛下はそこそこよく微笑まれます」

「そっちじゃなくて、わたしが微笑んでるっていうほう。わたし、そんなに笑ってない」

「いいえ、笑っていらっしゃいます」

「笑ってないったら！　可笑《おか》しくもないのに笑わないわよ！」

「では表現をもっと的確に狭めましょう。人魚姫様は陛下のご尊顔をこっそりと見て、にやけておられます」

「に、にゃ……!?」

思わず猫の鳴き声のような声を、エリシアは出してしまう。

「ちょっと！　わたしがいつにやけたって……！」

「あーもーこういうことに私を巻きこむのをおやめ下さい」

言うだけ言って、キルヒミルドはダイニングルームから逃げ出した。残されたエリシアは憮然としたまま、焼きたてのパンを頬張った。

（べ、別に、ランスロットが城にいるのが、嬉しいってわけじゃ……）

パンを咀嚼《そしゃく》して飲みこむと、エリシアは革張りの椅子から立ち上がった。

（ランスロットはまだ朝議か……最近やけに長引くわよね）

城にいる時、ランスロットは元老たちと地下に引きこもり、何やら謀議していることが多い。

名だたる貴族たちで構成される元老院を制することが、一番困難な仕事なのだとキルヒミルドが教えてくれた。

（ランスロット、早く朝議から戻って来ないかな）

庭園を散歩しながら、エリシアはぼんやりと花を見ていた。この花はいつも、寝室に飾られている花だ。赤、青、黄色、紫、庭園はまさに百花繚乱《ひゃっかりょうらん》の様相で、一日いても飽きない。

少し前までは城最上階から出ることを許されなかったエリシアだったが、最近は、城で一番奥まった場所にあるこの庭園までは自由に散歩することを許されていた。花が見たいとエリシアが言ったせいだ。結局、ランスロットはエリシアには甘い。護衛を兼ねた見張りはつけられているが、それくらいはもうエリシアには気にならなくなっていた。

（ランスロットがいないともっと遠くに出られないから退屈だってだけで、別に、ランスロットと一緒にいたい、ってわけではない、けど……っ）

誰にも尋ねられていないのにエリシアは、頭の中で勝手に言い訳を考えてた。そうしないと、なんだか居たたまれないような気分になってしまうからだ。

昨日、ランスロットはエリシアを馬に乗せて、遠乗りに連れて行ってくれた。エリシアは山の上からの景色に、いたく感動した。その時、ランスロットに言われた言葉が、エリシアには忘れられない。

『おまえが好きだった景色だ』

それはやはり、エリシアが『知らない』記憶だった。これだけではない。他にももっと、たくさんある。

エリシアが好きな紅茶の種類。花やドレスの色。下着の好みさえ、彼は知悉《ちしつ》していた。

少なくとも、『面識があった』という程度の関係ではなかったのであろうことは、エリシアも認めざるを得なくなっていた。

（人間が記憶を失うのって、どういう時かしら？）

エリシアはこの城で医者にもかかったが、医者に言わせればエリシアはまったくの健康体らしい。

エリシア自身も、特に不調は感じていない。

（人間……）

石畳の上で、エリシアはふと立ち止まる。

自分が『人間ではない』という、様々な可能性。

それもはや、無視できる範囲内のものではなくなっていた。

（……もし、わたしが本当に人魚姫なのだとしたら）

伝説によると、人魚姫が人間の足を得るために失ったのは、声だ。その伝説に、エリシアも周囲の人間も縛られていた。

人魚姫が、何かの代償に失うのは声であるはずだ、と。

しかし本当にそれは、『声』でなければいけないのだろうか？

声以外に、『何か』を差し出していたのだとしたら、それは。

（――――記憶？）

エリシアはやっと、そのことに思い至った。

自分が何かの代償にしたのが、『記憶』なのだとしたら。すべての辻褄《つじつま》が合うではないか、と。

（そんな……じゃあ、わたしは……）

呆然《ぼうぜん》と立ちすくむエリシアの髪を、春風が強く撫でていった。

(本当に、ランスロットのことが、好きだったの……?)

胸の奥に、強い痛みがあった。

心より先に躰が思い出してしまっていた。

自分はランスロットに、恋をしているのだ、と。

それを自覚した途端、エリシアの耳の奥で海の音が鳴り響いた。波濤《はとう》ではない。海中を、何かが漂う音だ。

幻の唄が聞こえてくる。人魚の唄だ。

(やめて……)

引き戻さないで、と無意識にエリシアは耳を塞《ふさ》ぐが、意味はない。その唄は頭の中で響いているのだから。

甘やかな痛みに立ち尽くすエリシアの耳に、現実の喧噪が届いた。戦火が上がる音だった。


「何があったの?」

城下に狼煙《のろし》が上がったのに気づいて、エリシアは城内に駆け戻った。ランスロットも地下から出てきたのか、元老たちとともに謁見《えっけん》の間にいた。エリシアが駆けつけると、元老たちの一群がきつい視線をエリシアに投げつけた。

（な、なに？）

怒りをあらわにしたその視線に、エリシアは一瞬、怯《ひる》んだ。

（何か怒られるようなこと……たくさん、あるわね）

元老たちの不興を買うような心当たりを探してみて、あまりの多さにエリシアは苦笑を漏らした。

城にいる間、ランスロットがエリシアのところに入り浸っていることを、快く思わない者は多いだろう。貴族たちは皆、自分の娘を王に嫁がせたいに決まっているのだから。

（でも、そんなのはわたしのせいではないもの。ランスロットがわたしの所に勝手に来るのよ）

開き直りつつエリシアは、改めて謁見の間を見渡す。玉座に腰掛けたランスロットの前に、十二人の元老たちがそろい踏みしていた。

元老たちはちょうど左右に、六人ずつ分かれて居並んでいる。右側の一群は怒ったような顔をしており、左側の一群は困ったような顔をしているのが印象的だった。それでエリシアは勘付いた。

（もしかして、彼らは二派に分かれて、何か対立しているの？）

エリシアの前に、右側の群れから元老の一人が歩み寄ってきた。

「ちょうどいいところにいらっしゃいました。人魚姫様、出立のお支度を」

「しなくていい。エリシア、部屋に戻れ」

元老の言葉を遮るようにランスロットが言った。エリシアには何が何やらわけがわからない。

「出立って、どういうこと？　わたし、どこかへ行くの？」

「あなた様はこれから、隣国フェンリルに向かっていただきます」

「ええっ⁉」

慇懃《いんぎん》に答えられて、エリシアはそれこそ首が仰《の》け反《ぞ》るほど驚いた。

「俺は許していない。その口を閉じろ」

ランスロットが、いつになくきつい言葉を元老に向かって投げつける。まったく事情が呑《の》みこめないエリシアは、目を白黒させるばかりだ。

「フェンリルって、隣の、敵国よね？　どうしてわたしが、そこに？」

「エリシア！」

聞かなくていい、とばかりにランスロットが叱責《しっせき》するが、元老たちこそがエリシアにそれを教えたいらしく、口が閉ざされることはなかった。

「外の騒ぎを聞きましたでしょう。陛下は、和平のために人魚姫様を敵国フェンリルに差し出すとお約束されたのです」

「そんな約束、誰がするか！」

こんなに激昂《げきこう》しているランスロットを、エリシアは初めて見た。こんなに焦燥を浮かべている顔もだ。

「全部貴様ら古狸《ふるだぬき》どもが、フェンリル王と謀《はか》ったことだ。俺は許した覚えはない」

「衷心《ちゅうしん》から申し上げておるのです。これ以上戦が長引けば、ますます国は荒れ、兵も死にましょう」

「あ、あの、ちょっと待って」

エリシアが彼らの間に割って入った。

「それ、わたしが行くことで和平が成り立つの？　本当に？」

「ええ、それはもう。フェンリル王は以前婚儀の約束をされてから、あなた様に心を奪われたままでおられますから。それに」

好々爺《こうこうや》然とした顔で、元老はエリシアを唆《そそのか》した。

「黒死病で苦しんでいるのは、我が国だけではないのですよ。この大陸のすべての民が、苦しんでおります」

それを聞いて、エリシアの胸が詰まった。

エリシアの血で助けられる人数は、微々たるものだ。とても大陸の人間すべてを救うまでには至らない。

「それ、は……」

「もちろん、如何《いか》に奇跡の乙女とはいえ、大陸すべての民を救うのは不可能でありましょう。しかし、隣国にあなた様が赴けば、少なくとも戦は終わります。そのような約定を我らは交わしているのですから」

「全部貴様らが仕組んだことだ。俺はまだ戦う」

憮然とした口調で、ランスロットが告げるが、元老たちのほうが一枚上手のようだった。

「民を巻きこんでも?」

その言葉に、ランスロットが唇を引き結ぶ。ランスロットと同じ気持ちを、エリシアも共有していた。

（わたしがフェンリルに行けば、ランスロットも民も救われる）

そう言われてしまえば、エリシアの心は千々に乱れる。そんなエリシアの背中を、元老たちは巧みに押そうとしていた。

「フェンリル王は人魚姫様を正妃としてお迎えすると仰せです。この国におられては、人魚姫様には正妃にはおなりいただけないのです。あなた様はあくまでも陛下の寵《ちょう》姫《き》であり、人魚姫様という国宝、象徴であらせられますゆえ」

「人魚姫様を国宝というお飾りにして、妃の座には自分の娘を座らせるという算段か」

左側に立つ一群から、怜悧《れいり》な指摘が飛ぶ。

どうやら王の左側に立っている六人は、王に付き従う者たちであるようだ。左側に立つ者たちのほうが、全体に年齢が若い。が、何百年にも亘り先祖代々国に巣くってきた元老たちは、実に老獪《ろうかい》だった。

「人聞きの悪いことを。我がアーカード家は名門中の名門。妃は本来、当家より迎えられるのが筋でありましょう。決して人魚姫様を蔑《ないがし》ろになど致しませぬ」

エリシアの脳裏に、先だっての晩餐会で見たアーカードの美姫の姿が浮かぶ。貴族の娘らしく、上品で、彼女のほうが妃には相応《ふさわ》しいのではないかとエリシアだって思わずにはいられなかった。

（そのほうが、ランスロットのために、なる……）

とどめを刺すように、元老が告げた。

「陛下に於かれましては、何卒慎重なご決断を。アーカード家の助力無しに、国政が立ちゆくとは思えますまい。アーカードの私兵を出せなければ、戦も成り立ちませぬ。内憂外患、続けばますます国がやせ衰えますぞ」

「断る」

一言言い放ち、ランスロットはエリシアの手を引いて謁見の間から立ち去った。鉛を呑みこんだような重さが、エリシアの胸に残った。

居室に戻るなり、ランスロットはエリシアに確かめた。

「元老どもはああ言っているが、罠《わな》だ。おまえをフェンリルにやったところで、戦は終わらない。アーカード卿を中心とする守旧派は、フェンリルと密約を結んでいる。連中の娘が俺の子を産めば、院政が敷ける。連中の思うままに民から税を搾れる。ただそれだけのことだ」

「そう、ね……」

曖昧な返事を、エリシアはした。どこか上の空だった。ランスロットの言うことは、わかる。きっと正しいのだろう。

けれどもその正しさは、黒死病で苦しんでいる隣国の民までもは救わない。

それに、『王妃』のこともある。

（わたしは、正式な王妃ではない……）

ランスロットがそのように扱うから、周囲も自分を王妃として扱うが、実際は元老院守旧派の反対で、エリシアは王妃として正式には認められていない。ランスロットを嫌うエリシアにとっては、ありがたい『反対勢力』のはずだった。

それが、今は。

「…………」

「なんだ」

突然黙りこんで見上げてくるエリシアの顔を、ランスロットが不思議そうに見つめ返す。

エリシアはその時、初めて自覚した。

彼が、好きなのだと。

（どうして――――）

どうして好きになってしまったのか、自分でもよくわからなかった。嫌いになる要素なら、いくらでもあった。彼はエリシアの言葉を信じなかったし、あまりにも強引すぎた。

それでも尚、エリシアはこの黒い髪や、眸や、王らしからず戦場で灼《や》けた肌が好きなのだ。

自覚した途端に、泣きたくなった。

エリシアはもう、決意を固めてしまっていたからだ。

（この人は、もっと立派な王になる）

自分がいなくても、否、いないほうが、ランスロットの立場は良くなるのだ。それに、自分がいたからって何になるのかとエリシアは自虐的な気持ちにもなっていた。迷惑をかけてばかりだったと思うのだ。

「わたし、どこにも行かない」

わざと強い口調で、エリシアは言った。

「今までは出て行きたいと思っていたけれど、あんな連中の言うことを聞いて、自分から出て行くなんてしないわ」

「ああ」

その嘘を、ランスロットは容易《たやす》く信じた。今まで彼が、こんな他愛もない嘘に騙《だま》されたことなんて、なかったはずだ。

ただ彼は、信じたいから信じた。

「そうだな」

口数は少ないけれど、ランスロットの表情はいつになく柔らかかった。その夜、エリシアは初めてランスロットと優しく抱き合った。

耳の奥で、唄が鳴り続けていた。海から聞こえる唄だった。エリシアは夢うつつの中でそれを聞き、ふらりと何かに憑《つ》かれたように立ち上がる。

夜半、寝ているランスロットの頬にキスをしてから、エリシアは窓のそばに立つ。

「さよなら」

小さく呟《つぶや》いて、エリシアは軽やかに、窓から身を投げる。その呼び声に身を任せれば、楽になれる。それは確信だった。

ずっと聞こえていた、海から呼ぶ声。エリシアはそれに従った。

絶壁の際を、エリシアの肉体は真っ逆さまに落ちてゆく。風が頬を斬《き》るように吹きつける。

このまま落下を続ければ、エリシアの肉体は海面に叩《たた》きつけられて無惨に散るだろう。ただしそれは、エリシアが人間だった場合だ。

海は優しく、エリシアを迎え入れた。波打つ海面は綿を敷き詰めたように柔らかかった。

暗い海水に包まれて、エリシアは心から安堵《あんど》していた。エリシアの眸《ひとみ》は、暗渠《あんきょ》のような海の中でもはっきりと遠くを見通すことができた。肺一杯に海水を吸いこんでも、少しも苦しくなかった。

水の中で、エリシアは暫し、たゆたう。

ドレスの裾が、水中花のように広がる。

懐かしい海に身を預けた途端、エリシアは記憶を取り戻す。

記憶の中に、血の海があった。

ランスロットの治めるこの国は、永らく戦の直中にあった。出会ったのは一年前、ちょうどこの断崖の下でだ。

深海での退屈な暮らしに飽き飽きしていたエリシアは、姉や長老たちの言いつけを破って、この近海で遊ぶのを好んだ。

人間に捕まったら大変なことになるとは聞いていたが、冒険心のほうが勝ってしまっていた。

岩陰からこっそりと見る人間たちの暮らしは、何もかもが不思議で刺激的だった。人は争う。人は恋をする。人は唄う。

その中で、エリシアが唯一理解できたのは、『唄う』ことだけだった。唄ならばどんな人間よりも、人魚のほうが勝《まさ》っている。それに人魚たちは皆、唄うことが好きだった。貝殻で造る弦楽器や笛で上手に音を奏でることもできた。

エリシアに恋は、理解できなかった。

人魚は単為生殖だ。

恋をする必要はなかったし、それに人魚には、恋にまつわる不吉な伝承があった。曰《いわ》く、三百年前に人間の王子と恋をした人魚姫は、深海の魔女との取引でその美声を奪われた挙げ句、王子に正体を名乗ることもできず、泡となって消えたという。

このクロスアティアでは少し違う伝説として伝わっており、建国の王は人魚姫とともに海に消えたとも言われているが、どちらが真実なのかは誰もわからないままだった。

その伝承を子守歌代わりに聞いて育ったエリシアは、恋愛に対して懐疑的だった。単為生殖できる人魚姫は、人間より優れた存在だという自負が人魚姫たちの間では根強く浸透したままだったし、エリシアもそれを信じて疑わなかった。

エリシアには人間たちのすべてが不思議だった。無益な殺し合いをするくせに、美しい音色を奏でたりする。その矛盾に惹かれて、エリシアはよく人間を観察した。岩陰で、戦渦の叫びと凱歌《がいか》、それに時折聞こえてくる弔いの哀歌と恋の唄を聞いている時、エリシアはとても不思議な気持ちでいた。

半分海に浸かり、岸壁に倒れ伏している男に出会ったのは、そんなある日のことだった。

男は胸からたくさんの血を流し、紙のように白い顔色をして目を閉じていた。一目しただけでは、死んでいるようにしか見えなかった。死体が流れ着くのは別に珍しくなかったから、それだけならエリシアが興味を引かれることはない。

その日に限ってエリシアが『死体』に近づいたのは、その髪が見事な闇色をしていたせいだ。人魚は銀髪のみで、黒髪はいない。珍しさにエリシアは、つい引き寄せられたのだ。

（綺麗《きれい》な黒い髪……）

水平線に沈みゆく日に照らされたそれは、海水を浴びて艶々と光っていた。エリシアはその髪を一房ちぎって持って帰ろうと、急いで死体に近づいた。貝を削って作ったナイフを髪に当てた途端、死体が動いた。

「う……」

「ひゃっ……!?」

エリシアは慌てて尾鰭《おひれ》を跳ねさせて、男から離れた。

（まだ生きてるのね）

普通の人間だったらとっくに死んでいそうな重傷を負っているにも拘《かか》わらず、黒髪のその男にはまだ息があった。が、このまま冷たい海水に浸けて放置すれば、程なくして本物の死体になるだろう。

（どうしよう）

可哀想だが、人魚姫が人間を助けることは禁忌だ。いくら冒険好きなエリシアでも、それはまだしたことがない。仕方がないからエリシアはただ、少し離れた海面から顔を出し、男の姿を観察した。

この国はずっと戦をしているから、甲冑《かっちゅう》に身を包み、剣を持った男の死体はよく流れている。が、その男が身につけている甲冑は鏡のように美しく磨かれた銀色で、腰に差している剣は色取り取りの宝石が鏤《ちりば》められた宝剣だった。きっとこの男は、身分が高いのだろうとエリシアは思った。

（本当に、綺麗……）

エリシアが何よりも美しいと感じたのは、宝剣を飾る石ではなく、やはり男の髪の色なのだった。

エリシアが見たこともない、陸の闇色の黒髪。髪だけでなく、さっき男が薄く目を開けた時、エリシアを見た双眼も黒色だった。

視線が合った時、エリシアはなぜだか胸が痛いような感じがした。

（完全に気を失っている状態だったら、気づかれずに助けられるかしら）

生まれてまだ十七年しか経っていないエリシアなどは、体は大人びても稚魚同然で、せいぜい一番近くの沿岸くらいまでしか泳げない。それでも無理をすれば、なんとか男を助けられそうな気がした。

エリシアは、どうしてもこの男を死なせたくなくなった。なぜだかわからないが、生きたまま自分のものにしてしまいたくなった。

（生きたまま、虜にしてしまえないかしら？）

虜にしてしまえば、男は人魚のことを人に話したりはしないだろう。

人魚の唄には、人の心を操る力がある。唄で誘って、人間を海に引きずり込むのは人魚の常套《じょうとう》手段だ。

エリシアにはまだ経験がなかったが、エリシアの歌声は人魚たちの間でも美声として夙《つと》に有名だ。王子に恋をした、あの愚かな人魚姫の再来と謳《うた》われるくらいに。

(わたしはそんなヘマはしないわ)

意を決してエリシアは、男のそばまで泳いでいった。男はすでに、虫の息だ。

エリシアは自分の指先を貝殻のナイフで傷つけて、男の唇に一滴、垂らした。

人魚の血肉には、不老不死の力があるという。それが本当なら、男は生き返るはずだ。

斯《か》くして男は再び目を開けた。エリシアの大好きな黒曜石の眸が、エリシアを映した。エリシアは胸がわくわくして、止まらなかった。

「きゃっ……!?」

急に腕を摑まれて、エリシアは悲鳴をあげた。今の今まで死にかけていたとは思えない、強い力だった。

捕まえられてしまうのではないかと、エリシアは焦った。

「な、なによっ、血をあげたからっていい気にならないでよね!」

「おまえは……?」

強がるエリシアに対して、男はやけに淡々としていた。ただ、視線だけはエリシアを捉えて離さない。

エリシアも彼に聞きたいことがたくさんあった。

「わたしは、エリシア。人魚の姫よ。あなたの名前を教えなさい」

「ランスロット」

「ふうん。王様みたいな名前ね」

エリシアがそう感想を述べると、男は薄く笑った。

「王だ」

「……嘘」

エリシアは目を瞠《みは》った。この国の王の名前くらいは、世俗に疎い人魚姫だって知っている。

「本当だ。間抜けにも元老院の古狸の放った刺客に毒を盛られ、剣で刺されてな。この上から突き落とされた」

男は――――ランスロットは、自らの頭上を指さした。抉《えぐ》れた崖の上に、石造りのバルコニーが突き出している。そこから突き落とされて、よく生きていたものだとエリシアは呆《あき》れた。

「まあいいわ。あなたの命を助けたのはこのわたしなのだから、あなたは今日からわたしの言うことを聞くのよ。いい？」

居丈高に胸を反らしてエリシアが言うと、ランスロットはふっと笑って頷《うなず》いた。

「御意。人魚の姫君に忠誠を誓う」

好みの人間をまんまとしもべに迎えることができて、エリシアは得意満面だった。

それからエリシアは、ランスロットに会いたくなると断崖の下で唄を歌った。エリシアの声を聞くと、ランスロットはバルコニーから崖を伝い降りてきた。陸で暮らす人間のことをよく知らないから、人間は皆、それくらいできるものだとエリシアは誤解していたが、実際に反り返った崖を降りて来られるような人間は滅多にいないのだということを、ずいぶん後になって知った。

それからしばらくは、夢のような日々だった。ランスロットはエリシアに、たくさんの珍しい物を持ってきて見せてくれた。エリシアが行ったことのない遠い異国の話を聞かせてもくれた。

世を忍ぶため、エリシアが唄うのはいつも夜中だ。それでもランスロットは、いつでも崖を降りてきた。エリシアは幸せだった。

けれどもそんな幸福も、長くは続かなかった。ある満月の日を境に、エリシアがいくら唄っても、ランスロットが現れなくなったのだ。エリシアは一日千秋の思いで、ランスロットを待った。凡《およ》そ一月も、崖の下で孤独に、ランスロットのために歌い続けた。

(わたしの虜だと言ったのに)

魔法はもう、解けてしまったのか。或いは何か他の理由で、来られないのか。エリシアはその時にはすでに、ランスロットのことしか考えられなくなっていた。

人魚の血を飲んだ人間は、そう容易く病には倒れない。不老不死の肉体を得るためには人魚一匹分の血肉と骨が必要だが、病気を治す程度なら血の一滴で充分だ。だからランスロットが、病に臥《ふ》しているとは考えにくかった。

(まさか、死んでしまったの……?)

ランスロットが、来られない理由。それらの可能性を頭の中で並べるだけで、エリシアは泣きたいような気持ちになる。

(それとも、わたしのことが、嫌いになった……?)

唄で虜にしたのだから、ランスロットの心はずっと自分のものなのだとエリシアは信じていた。自分の唄が、未熟だったせいか。或《あ》いはもっと他の理由か。

(足があれば、陸に上がれるのに)

エリシアが人間の二本足を欲するようになったのは、その頃からだ。

足があれば、街に出られる。街には新聞だとか本だとかいうものがたくさんあるのだと、ランスロットが教えてくれた。文字も、ランスロットから習った。文字が読めれば、今ここにいない人間の居場所や状態がわかるのだという。それはエリシアにとって、あまりにも魅力的だった。

けれども、人魚姫が人間になるためには、多大な代償が必要だ。深海の魔女のところへ行き、何かとても大切なものを差し出さなければいけない。エリシアは、自分がまさに伝説の人魚姫と同じ末路を辿《たど》りそうで、恐ろしかった。

（ランスロット……早く、来て）

それからさらに二月も、エリシアは待った。永遠とも思われる長い日々だった。数百年を容易く生きる人魚にとって、二ヵ月や三ヵ月は瞬きする程度の時間のはずだ。なのに、永かった。

やがて季節が、秋から冬へ変わろうとする、月の明るい夜のこと。崖から、足音がした。

忘れ得ぬ靴音だ。

エリシアは唄うのをやめ、躰を震わせて崖のほうを見つめた。月を背負って、彼が現れた。

「エリシア」

彼の声が名前を呼んだ。

途端にエリシアの中から、何かが溢れ出た。それを隠すために一度海に潜ると、ランスロットが慌てて追ってきた。

「エリシア、どうして潜るんだ」

「うるさい！　こっちに来ないで！」

冷たい水の中で、二人は揉み合った。水の中ならエリシアのほうが有利だ。彼は海中では呼吸すらできないのだから。それをいいことに、エリシアは滅茶苦茶にランスロットを叩いて責めた。

「下僕のくせに！　どうして来なかったの！　わたし、毎晩唄ったわ！　喉《のど》が嗄《か》れてしまった！　もう、あなたなんか大きら……！」

「俺は好きだ」

大嫌い、と言おうとしたエリシアの台詞《せりふ》を、ランスロットがはっきりと遮った。ランスロットを叩くエリシアの拳《こぶし》が空中で止まる。

「逢いたかった。エリシア」

しっかりと腰を抱かれて、エリシアは動きを止めた。もう動けなかった。海の中で、人魚姫は無敵のはずなのに、まるで見えない鎖に縛られたようだ。

ランスロットに抱かれたまま、エリシアは尚も彼を責めた。今度は泣き声で。

「どうしてわたしが呼んでも来なかったの!?　下僕のくせに、主に逆らうなんて生意気よ！」

「すまない。戦で遠征していた」

「戦なんてやめればいいじゃない！」

「そうしたいのは山々だが、そうすると俺の民と兵が死ぬ」

「人間なんてたくさんいるでしょう！」

わたしにはあなただけなのに、とは、エリシアには言えなかった。そして、ランスロットもそれを聞こうとはしなかった。

「エリシア。人間は一人だ」

訥々《とつとつ》と言い聞かせるように彼はエリシアに言った。エリシアよりもたかだか数年長く生きただけの男が、すっかり王の貌《かお》をしていた。

「人魚のように、何百年もは生きない。人間の命は短く、いつでも独りだ」

エリシアには言われた意味がわからなかった。

エリシアにはただ、ランスロットがいればいい。ランスロットだけがいれば、いいのだ。

「わたし、他の人なんか、いらない……」

涙声のまま、エリシアは告げた。

「ランスロットだけいればいいの。ランスロットといたいの！」

叫んだ途端、エリシアの唇は熱いもので塞がれた。それがランスロットの唇なのだと気づくのに、少し時間がかかった。

「……ンッ……」

エリシアは最初呆然とし、次に唇から逃れようとして、彼の胸を叩いた。が、それは本気の打擲《ちょうちゃく》にはなり得なかった。躰の芯が溶けてしまったように、少しも力が入らない。

「あ……ン……ッ」

観念してエリシアが薄く唇を開くと、舌が押し入ってきた。エリシアは怖ず怖ずと、その舌に応えた。

熱いそれは、ねっとりとエリシアの口腔《こうこう》を犯した。

（これ……何……？）

エリシアはキスを知らなかった。キスの意味も、わからなかった。ランスロットが持ってきてくれた書物の中に、そういう記述はなかったのだ。エリシアが知っている人間界のすべては、ランスロットが情報源だった。

わからないなりに、逃げ難い陶酔を感じて。エリシアは暫し、されるままになる。エリシアが大人しくそれを享受すると、ランスロットはますます激しくエリシアを求めた。

エリシアの、尾鰭へと続く細い腰を抱き、真珠のネックレスしか身につけていない生まれたままの乳房をまさぐる。

「ふ、ぁっ……」

エリシアは唇を離し、小さく喘いだ。ランスロットに触れられている、すべてが熱かった。

ランスロットの腕の中で人魚姫が肢体をくねらせるたびに、銀の鱗《うろこ》が月光を反射して煌《きら》めく。

「海の中、寒い……」

やがてエリシアが呟いた言葉に、ランスロットが怪訝《けげん》そうな顔をする。

「寒い？　おまえが？」

人魚姫が海の中で、寒さを感じるはずなどない。それは間違いではなかった。エリシアは言い足した。

「……違う。ランスロットが」

ああ、と合点したようにランスロットが頷く。

「岩の上へ上がりたい。人間は、水の中では生きられないんでしょう……？」

エリシアに促され、ランスロットはエリシアを抱いて岩の上に上がる。

エリシアの中で、何かが変わってしまった。その瞬間にエリシアは、人魚姫ではいられなくなった。

それから二人の逢瀬が変わった。エリシアはランスロットが戦から戻るのだけを、ひたすら待った。戦から戻ったランスロットを唄で慰めるのが、エリシアの悦びとなっていた。

唄だけでは物足りなくなるのに、時間はかからなかった。ランスロットは戦から戻ると、唄を口ずさむ人魚姫の唇をすぐに塞いでしまうようになった。エリシアもまた、それを待ち焦がれるようになっていた。

「ふ……ぁ……っ」

唇だけでなく、体中にキスされて、エリシアの肌が紅く染まる。細く折れそうな二の腕や、浮き出した鎖骨、薔薇色の頰、愛らしく落ち窪んだ臍。

それらすべてに唇を這《は》わされるたびに、エリシアの体内で何かが目覚めていく。ランスロットが特に気に入ったのは、その豊満な乳房だった。大きな二つの膨らみは、絹毛の猫よりも柔らかく、剣を握り続けるランスロットの手のひらを癒した。のみならず、ランスロットはそこに顔をうずめた。

頰擦りだけでなく、未熟な桜桃のような突起を口に銜えられ、舌で舐《ねぶ》られて、エリシアの懊悩《おうのう》が深くなる。

「ひゃ、んっ……」

そこを嬲《なぶ》られるたびに、エリシアの口から可愛らしい声が漏れた。

「そこ、嫌……っ……変な、感じ……っ」

エリシアが嫌がっても、ランスロットはそれをやめない。時には朝まで、そこばかりを可愛がられることもあった。

そのたびにエリシアは、躰の奥に、熾火《おきび》のように燻《くすぶ》り続ける疼きを持て余すようになった。

「ねえ……」

ある時、エリシアは彼に聞いてみた。

「どうして、そんなところばかりに、触れるの……？」

「おまえが誘惑するからだ」

「わたし、誘惑、なんか……っ」

していない、と言いかけて、エリシアははっと気づいた。ランスロットは、服を着ている。岩陰から接岸してこっそりと見た人間たちも、大体皆、なんらかの布で躰を覆い隠していた。

人魚姫が身につけているのは、珊瑚《さんご》の髪飾りと真珠の首飾りだけだ。豊かな乳房は、そのまま丸出しになっている。エリシアは急に、いつも胸をはだけているのが恥ずかしくなった。

「や、やめてっ……見ない、で……っ！」

突然ランスロットを引き離し、両腕で胸を隠すエリシアを、ランスロットが不思議そうに眺めた。

「急にどうした」

「……は、ずかしい、から……」

怒ったような顔をして、エリシアは俯く。その仕草は、図らずもランスロットの欲情を煽った。

「あ……」

もっと強く抱きしめられて、エリシアは肩を強張らせる。熱っぽい声が、低く耳元に響く。

「もっと愛したい」

「これ以上……どうやって？」

何かが、エリシアの中でずっと疼き続けていた。それがなんなのか、エリシアにはずっとわからなかったけれど。

戸惑うエリシアに、ランスロットもまた、困ったように微笑んだ。それでエリシアは察してしまった。

『それ』は、人間同士でないとできない行為なのだ、と。

（わたし、人間になりたい）

そんな願いを抱く日が、自分に訪れようとはエリシア自身、予想だにしなかった。なのにその時、はっきりと願ってしまった。

人間になって、ランスロットと結ばれたいのだと。

けれどもそれは禁忌だ。越えてはいけない線を越えねば、決して叶わぬ夢だ。エリシアは生まれて初めて、深く葛藤した。

虜にされていたのは、自分のほうだったのだとエリシアはやっと気づいた。

あの伝説の、愚かな人魚姫と同じように、自分も深海の魔女のもとへ向かうべきか。

その時、代償となるものは一体何なのか。人魚の村で待つ母や姉たちは、悲しむに違いない。

エリシアは子供の頃からずっと、泡となって消えた姫を、愚かだと疎んじていた。人魚として生まれ、不老不死を約束された命を無駄にするなんて、非合理的で理解に苦しむ行動だ。

それに深く共感する日が来ようとは、エリシアだって思わなかった。

悩んだ末にエリシアは、ランスロットには何も言わずに、深海の魔女のもとへ向かった。

途中、イルカや大亀たちに助けてもらいながら、なんとか魔女の住む遠い深い海に辿り着いたエリシアは、嘗《かつ》ては自身も人魚だったという魔女に懇願した。

「わたしに、人間の足をください。わたし、人間になりたいの」

若く未熟な人魚の姿をちらりと見て、魔女は低く嗤《わら》った。

「よく来たね、二人目の愚か者」

その一人目が、伝説の人魚姫なのだということは、言われなくてもわかった。エリシアはきつい視線で魔女を睨《にら》む。

「確かにわたしたちは愚かだわ。不老不死の命を捨てて、老いたり泡になって死ぬかもしれないような危険を冒そうとしているんだもの」

その時のエリシアの胸にはもう、迷いは微塵《みじん》もなかった。

「それでもわたしは、ランスロットといたいの。ランスロットがいない世界には、わたしは存在しなくていい」

「代償はなんだい？」

魔女は、読んでいる本から顔も上げずに聞いてきた。魔女が今、手に持っているのは、人間の皮でできた本だ。

かつてのエリシアにとってはどうということのない物だったが、ランスロットに恋をして以来、エリシアは人間を異種族とは思えなくなっていた。

今のエリシアにとっては、人間の死は悲しいものとして認識されていた。

「……何なら、あなたを満足させられるの？」

緊張した面持ちで、エリシアは聞き返す。伝説の人魚姫は、足を得る代わりに声を失った。

エリシアもまた、人魚の中で随一の美声と謳われている。要求されるのはやはり声だろうかと予想したが、魔女の答えは違っていた。

「声なら前にもらったから、いらないね。ほら、この通り美しい声だろう」

そう言う魔女の声が、突然別人のものに変わった。確かに美しい声だった。どうやら好きな時に、自由に声を変えられるらしい。

エリシアの姿をまじまじと見回して、魔女はしたり顔で呟いた。

「確かにあんたは美しい顔をしているが、顔なんかもう何百も集めたよ。細い手足も括れた腰も大きな乳房もね。そんなものには飽き飽きしているよ」

言いながら魔女は、水中で七変化を繰り返す。金髪の姫君。褐色の肌の踊り子。凛々《りり》しい女戦士。

集めた魔力を以《もっ》てすれば、彼女はどんな人物にも化けられた。確かにそれでは、エリシアから得たいものなど何もないだろう。

「他には何か、ないの？　あなたが欲しい物、人間の足と引き替えにできる物があるなら、なんだって探してくるわ！」

必死で食い下がるエリシアに、少し考えて魔女は答えた。

「そうさね。物はもうこの通り溢れているから、形のないものがいいね」

「形のないもの……？」

とんでもない無理難題を出されそうな気がして、エリシアはぐっと拳を握る。魔女が提案したのは、意外な『もの』だった。

「あんたの頭の中にある、思い出。それを寄越せばいい」

魔女は、その長く尖った爪で自分の頭を指さして言った。

「あんたの頭の中には、甘い甘い思い出がたくさん詰まっているだろう。それを煎《せん》じて煮詰めれば、いい飴玉ができあがるさね」

「それは……ランスロットのことを、忘れてしまうってこと？」

エリシアの問いかけに、魔女は首肯《しゅこう》した。

「恋の思い出ほど甘いものはない。時には苦くも辛くもなるけどね。あんたの頭の中はまだ、蕩けそうな甘い思い出だけでいっぱいだ。そういう『思い出』を蒐集《しゅうしゅう》できる時期は、ほんのいっときだ。永劫《えいごう》を生きるあたしらにとっては、瞬くような時間さ。だからこそ足と引き替えにしてやる価値があるんだよ」

「でも……」

エリシアは俯いて、じっと考えこんだ。ランスロットとの思い出を、すべてなくしてしまう。

それはとても、悲しいことだ。

出会ったことも、抱き合った体温も、甘い囁きも、すべて忘れてしまうだなんて。

迷うエリシアを、魔女は巧みに誘導した。

「思い出なんてまた新しく作ればいいじゃないか。生きていくのに困らない程度の思い出は残してやるよ。何も全部忘れて、喋れなくなるわけではない」

そう言われれば、エリシアの心は揺らぐ。

(たとえ記憶をなくしたって、出会えば必ず、わたしはランスロットを好きになるわ)

エリシアには絶対の自信があった。ランスロットを愛さない自分の姿なんて、想像もできなかった。それが恋という名の呪いのようなものなのだとは、気づくことはできなかった。

「わかったわ。記憶をあげる。でも、その代わりに一つだけお願い。わたしを人間にしたら、ランスロットの城のすぐ下の岸壁に置いてきて。そうしたらランスロットは必ず、わたしを見つけてくれるから」

魔女はその願いを快諾した。

斯くして人間となったエリシアは、人間の姿で、ランスロットとの逢瀬を重ねた断崖の下に流れ着いた。

ランスロットとの約束の日だったから、エリシアの目論見《もくろみ》通り、ランスロットはすぐにエリシアを見つけてくれた。

ランスロットに運ばれて、城の中で目を覚ました時、エリシアはすべての記憶をなくしていた。自分が人魚姫であるということも、ランスロットを愛していたということも、全部だ。

ただ、魔女は約束通り、生活するのに必要な記憶はすべて残してくれていた。ランスロットから教わった文字も、人間としての暮らし方も、勿論《もちろん》言葉も、エリシアは覚えていた。

お陰で日常生活に支障はなかったが、そのせいでエリシアは、自分は最初から人間だったのだと信じこんだ。

ランスロットから自分の正体が人魚姫だと聞いても、エリシアには信じられなかった。

自分の正体も知れぬ日々の不安は、ランスロットが癒してくれた。目を覚ました直後こそ戸惑ったものの、エリシアはすぐに、ランスロットに恋をした。一目見た瞬間から、エリシアはランスロットの髪や眸が好きになった。黒い髪や眸が、なぜだかとても珍しく感じられたのだ。

人間になったエリシアは、夢中でランスロットと愛し合った。

ランスロットはエリシアの、まだ人間になりたての乙女の部分を執拗《しつよう》に愛した。最初は堅く、未熟な石榴《ざくろ》のようだったその部分は、幾夜も王の指で弄られ、掻き回され、中の媚肉までもを舌で蕩かされてすっかり熟した。

ランスロットが望むなら、エリシアはどんな恥ずかしいことでもこなした。ランスロットもまた、無邪気な愛情を隠さない愛らしい人魚姫に夢中だった。

そのことが、自分の娘を妃にと望む元老たちの不興を買うとわかっていても、止められなかったのだろう。エリシアの前でだけは、彼は英雄王ではなくただの若い男になれたからだ。

記憶にはないものの、人魚の躰では成し得なかった交合を果たして、エリシアは幸せだった。これでランスロットと一つになれたのだ、と。

蜜月は長くは続かなかった。

ランスロットの寵愛を受けて、王宮で暮らすエリシアの耳には、やがて不穏な情報がひっきりなしに入り始めた。

ランスロットは王だ。政務の他に、度重なる隣国フェンリルとの戦にも出陣しなければならない。

それだけでなく、王宮の中にはランスロットの命を狙う者さえいた。ある者は毒を盛ろうとし、またある者は夜陰に紛れて寝室に忍びこみ、ランスロットを刺そうとした。

それらの危機を、ランスロットはさしたる苦もなくかわしていたが、間近で見ているエリシアの心臓はいつも縮み上がった。自分自身の命が損なわれることよりも、ランスロットがこの世から消えてしまうことのほうが、エリシアにはよほど恐ろしかったのだ。

王について、ランスロットの背負うものの重さについて知るにつけ、エリシアはもっとランスロットが愛しくなった。肉体だけでなく、彼の心をもっと楽にしてやりたくなった。

ランスロットの艱難《かんなん》は、王宮の中だけに留まらなかった。元老院は二派に分かれ、互いに覇権を争い合っている。

味方であるはずの元老院穏健派でさえ、ランスロットがエリシアに入れこむことをよしとはしなかった。彼らが権勢を誇るために最も効果的な方法は、自分の娘を王に嫁がせることだ。

そんな中、隣国フェンリルとの戦は劣勢となっていった。軍備や志気で負けたのではなく、元老たちの不和が進軍にまで影響した。彼らは自分の領地から兵を出すことを渋った。

フェンリル王が、元老を通じてエリシアに、こっそりと和平を申し込んできたのはまさにそのタイミングだった。フェンリル王曰く、伝説の人魚姫であるエリシアを差し出せば、和平に応じてもいいという。

元老からそれを提案されて、エリシアは悩んだ。自分が敵国に行くこと、それも、敵国の王のものになることを、ランスロットは決して許さないだろう。それを黙って敢行することは、彼への裏切りだ。

けれども今、この国は荒れつつある。戦に負ければ、もっと荒廃する。エリシアは誰よりも、ランスロットの孤独と孤高を知ってしまっていた。

ランスロットの味方は、決して少なくはない。ただ、若き王に心酔する元老院の穏健派は、元老というにはあまりにも若すぎる貴族の子弟たち、それに平民出身の兵士たちだった。彼らは王の孤独を支えるには、まだ未熟だった。

王族はランスロットを除き、ほぼ死に絶えていた。だから、元老たちがランスロットに早く跡継ぎを作るよう急かすのは理に叶っていた。

ランスロットは父王や母親、それに二人いたはずの兄弟の死について詳しくは語らなかったが、エリシアは図書館で記録を読んで知ってしまった。この国の王族は、不審な死を遂げている者が圧倒的に多いのだということを。

（わたしがいなくなっても、ランスロットは、寂しくない……？）

エリシアは考えた。

きっとランスロットは、寂しがってくれるだろう。エリシアが愛した彼は、王とはいえ酷く孤独だ。

けれども、自分がここにいたって、ランスロットの役には立たないのだ。

元老たちが挙《こぞ》って連れて来る姫君たちは、皆、大貴族の令嬢で、大きな後ろ盾があった。

彼女らが妃になれば、ランスロットはもっと楽に軍兵を動かせるのだ。

それに、姫君たちの美しさもエリシアを萎縮させた。

美しいばかりでなく、教養にも満ち溢れた彼女たちのほうが、妃には相応しいように思えて仕方なかったのだ。

結果的にエリシアは、元老たちの奸計《かんけい》に嵌《はま》った。ランスロットに嘘をつき、元老たちの手を借りて、フェンリルへと嫁いだ。その後、ランスロットがどんな気持ちでいたかは、今のエリシアならばわかる。

それは途轍もなく大きな、裏切りだった。ランスロットは自分を許さないに違いないとエリシアにはわかっていた。

ランスロットからの愛と引き替えにしてでも、エリシアはランスロットを助けたかった。

隣国フェンリルには、馬車で運ばれた。元老たちは自らが有する私兵を惜しまず投入し、エリシアをフェンリルへと差し出した。そうすることでの利益は、彼らにとっては計り知れぬものだった。

フェンリル王と会うのは、エリシアには勿論初めてのことだ。エリシアだけでなく、誰もフェンリル王の貌を知らなかった。

国名と同じ名を持つ彼は、名前のない王と呼ばれていた。戦場で、彼はいつも狼の皮を目深く被《かぶ》っていた。その素顔を見た者は一人もいない。敵だけでなく、味方さえ彼の素顔を知らないのだという。謎に満ちた王だった。

知られている行状は戦場での獣のような残虐さだけ、その王のもとに嫁ぐのだから、エリシアは死をも覚悟した。

輿《こし》に乗せられ、エリシアはフェンリル王の居室へと運ばれた。

緊張に身を固くするエリシアを、フェンリル王は狼の皮を被ったままの姿で睥睨《へいげい》しているようだった。毛皮のせいで、目元はよく見えない。

「初めまして、フェンリル王。最初に言っておきますけれど、わたしが人魚姫だというのは嘘よ」

部屋に入るなりエリシアは啖呵《たんか》を切った。

その時、エリシアはまだ自分が本物の人魚姫なのだとは知らなかったから、真実を告げたつもりだった。

後から嘘だと責められるくらいなら、一番最初に真実を告げたほうがいいと思ったのだ。

　エリシアの申告を聞いた途端、悠然と玉座に腰掛けていたフェンリル王の口元が歪《ゆが》んだ。そして。

「ふ……はははっ！」

　大声で哄笑《こうしょう》され、エリシアはむっとした。

「何がおかしいの」

「おまえは何も知らぬのだな、愚かな人魚姫」

　フェンリル王はゆっくりと立ち上がり、エリシアのほうへと近づいた。

「おまえたち人魚は海深く暮らし、我ら陸で暮らす人の手にはそうそう落ちない。我らは海の中では息もできぬ。捕らえようがないわ」

「だから、わたしは……！」

　わたしは違う、人魚姫ではない、と言い募ろうとするエリシアに、フェンリル王は喋る隙を与えなかった。

「三百年前だったか。お前の同族が、今のお前と同じように、愚かにも陸へ上がったのは。おまえはその姫によく似ている」

　伝説の人魚のことを、フェンリル王はまるで昨日の出来事のように話した。

「あの人魚が、泡になって消えたというのは嘘だ」

「何を……」

何を言い出すのかと、エリシアは目を瞠る。三百年前のことを実際に見た者が、人間であるはずがないではないか、と。

フェンリル王は意にも介さない。

「その蛮勇に免じて、おまえには素顔を見せてやろう」

告げて、彼は顔を隠していた狼の毛皮を脱いだ。その素顔を見た途端、エリシアはあっと声をあげてしまった。

毛皮の下から現れたのは、美しい、若い男の貌だった。金色の眸は、美しいがまるで魔物のようだ。長い銀髪は、狼の毛と同じ色をしていた。人魚姫の銀髪とは違う、陸の獣のような色だ。

後退るエリシアの腕を、フェンリル王は乱暴に摑んで告げた。

「英雄王と名高いクロスアティア王ランスロットは、おまえを正妃にはしてくれなかったのだな。人外を妻に持つことに臆したか。所詮は人間よな」

「なっ……」

ランスロットを悪く言われて、エリシアはかっと気色ばむ。

「ランスロットは、わたしを妻として扱ってくれたわ！」

「元老たちを抑えられぬ腰抜けの若造よ」

フェンリル王の言葉には、奇妙な重みがあった。

一体全体彼は何年、否、何百年生きているのか。三百年前のことを、彼は昨日のことのように話す。

驚くエリシアの躰を、フェンリル王はいきなり自分の膝に抱いた。そのまま無数の宝石がはめ込まれた玉座に腰掛け、フェンリル王は無遠慮にエリシアのドレスの中をまさぐった。

「な、何を……っ！　きゃあぁっ⁉」

乱暴な指が、エリシアの秘部を覆う薄布の中へ侵入してきた。指は下着の中への侵入に留まらず、エリシアの秘唇の中にまで入ろうとした。エリシアは悲鳴をあげ、その腕から逃れようとしたが、フェンリル王の腕は鎖のように頑強にエリシアの肉体を拘束した。

「い、嫌あぁっ！」

ランスロットにしか触れられたことのない秘密の部分を弄られて、エリシアは激しく身を捩る。

乱暴な手つきのわりには、女のそこを弄る指の蠢《うごめ》きは繊細だった。ゆっくりとエリシアの膣《ちつ》内を確かめてから、フェンリル王は指を引き抜いた。

「なるほど。確かに、肉体は妻であったようだな。心はどうだ？　心底からクロスアティア王ランスロットを愛してたか？」

「……ッ……」

恥ずかしい指摘に、エリシアは首まで紅くなる。愛していたに決まってると、言葉には出さずに叫ぶ。その声にならない叫びは、フェンリル王の耳にしかと届いたようだった。

「ふん。ならば不死は奴のものか」

つまらなそうに、フェンリル王は鼻を鳴らした。その意味を、エリシアは未だわかりかねていた。

エリシアの細い顎《あご》を摑んで、王は眸を覗きこんできた。野生の獣のように、強く光る目だった。

「俺を愛せ。人魚姫」

「な、にを……」

突然投げつけられた乱暴すぎる求愛に、エリシアは目を瞬かせる。フェンリル王はそんなエリシアに、重大な秘密を結果的に教えた。

「不老不死を手に入れられるのは、人魚姫の肉体と心、両方を得た者だけだ。血肉を喰ろうたくらいでは、せいぜい数百年、寿命が延びる程度。その程度の命の刻限など瞬く間よ」

「し、知らない、わ……」

そんな秘密は知らないと、エリシアは首を振った。そもそもエリシアは、自分が人魚姫であること自体『知らない』。

エリシアの戸惑いなどまるで意にも介さずに、フェンリル王は続けた。

「俺を愛していると誓え。人魚姫。俺はそう気の長いほうではない」

きり、と指先が、エリシアの首に食い込む。エリシアは息苦しさに身を捩る。

「三百年前に捕らえたあの人魚姫は強情でな。泡と消えるくらいなら我が妻となれといくら説いても聞き入れなかった。だから、喰ろうてやったわ。お陰で寿命が三百年延びた。たかだか三百年だ」

フェンリル王は傲慢さを隠そうともしない。

「俺が欲しいのは永久の命だ。百年、二百年などという短い命ではない。俺は千年も二千年も生きたい」

「それこそ、傲慢だわ……」

首を絞められる苦しさに喘ぎながら、それでもエリシアは反駁した。

「長生きしたいから愛せだなんて、そんな理由で好きになるわけないじゃない……！」

「それもそうさな」

フェンリル王は存外あっさりと納得して、エリシアの首から手を離した。

「何が欲しい？　わがまま姫。なんでも願いは叶えてやる。この世のすべてはおまえのものだ」

「ランスロットの国から、兵を引いて」

エリシアは即答した。

「わたしの望みはそれだけよ。ランスロットを苦しめないで！」

「ふふ。可愛げのない」

心底楽しそうに、フェンリル王はエリシアの髪を撫でる。

「どれ、可愛くしてやろうか」

「あ……や……っ！」

ドレスを肩から下に引き裂かれ、剝《む》き出しにされた乳房を摑まれて、エリシアは男の腕に爪を立てた。

が、フェンリル王の腕には傷一つ刻めなかった。なんら痛痒《つうよう》も感じぬ様子で、フェンリル王はエリシアの肉体を貪《むさぼ》り始める。

「人魚姫を抱くのは三百年ぶりだ。尤《もっと》も、種付けまではできぬがな。我が腕に抱かれ、男が欲しいと雌孔をヒクつかせながら、それでも愛しい王子に操を立てたあの人魚姫のように、おまえも啼《な》くか？」

「あぅ……ッ」

乳首を捻《ひね》られ、エリシアの頬が強く赤らむ。フェンリル王は遠慮会釈もなく、エリシアの肉体に舌を這わせ始めた。長い舌は熱く、ぬるぬると淫靡《いんび》にエリシアの肌の上を這い回る。

乳首を舐められ、エリシアはその長い銀髪を引っ張る。

その間にも舌は、可愛らしい苺の粒を硬く凝るまで舐め回す。

「嫌……あぁっ……！」

思わず涙ぐんだエリシアの眦《まなじり》に、フェンリル王は舌を伸ばした。真珠のような涙の粒が、ぺろりとその口に吸いこまれていく。

「甘露だな。これで寿命が一年延びる」

「う……うぅっ……」

もう泣くものかとエリシアは歯を食いしばったが、甘露は涙だけではなかった。フェンリル王はエリシアを床に押し倒し、その太腿の奥にまで顔をねじこんできた。

「やめ、てぇっ……！」

太腿を極限まで開かされ、下着を歯で食いちぎられる。獣のような舌が、エリシアの割れ目の中に、にゅぐりと入りこんできた。

「ひぁ、ひぃぃっ！」

いきなり胎内を舐め回されて、エリシアは首を仰け反らせる。

柔らかく弾力に満ち溢れ、唾液に濡れたそれは、まだ堅い果実の中にも容易に侵入を果たした。

「いや……嫌、あぁっ……！」

膣肉が舌で、にゅくにゅくと掻き回される。

舌で、犯されている。

その異常な感触に、ランスロットに愛されすぎたエリシアの躰は如実な反応を示してしまう。

エリシアの甘露を搾り取るのに、フェンリル王はエリシアの、すっかり硬くなった雌芯をも舐め啜《すす》った。

すっかりぬめったそこをコリコリと指で揉まれながら、エリシアは一晩中、蜜を搾り取られた。

「は……あぁっ……」

甘い淫虐に、エリシアは喉が嗄れるまで啼かされた。

思い出したくもない、忌まわしい記憶までもが蘇《よみがえ》ってしまった。

つらい追憶が、海へ溶けていく。エリシアは今、海へ還ろうとしていた。

（愛していたわ――――）

あの日と変わらず、愛していたから崖から翔んだ。隙を見てなんとかフェンリル王のもとから逃げ出したエリシアは、唯一フェンリル王の手が及ばぬ海中へと逃げたのだ。

しかしエリシアの肉体は、すでに人間だった。

海に落ちたエリシアは溺《おぼ》れ、再び記憶を失った。それが魔女のかけた呪いの副次的効果なのか、或いは単純に頭を打ったことへの副作用なのかはわからない。とまれ、エリシアは次に目を覚ました時、見知らぬ岬に流れ着いていた。そこはエリシアがランスロットと逢瀬を重ねた断崖からは、少し離れていた。

自分は二回、記憶失っていたのだと、エリシアはやっと思い出した。

8　決戦の刻

波の音に包まれて、エリシアは目を覚ます。海の中は心地いい。

（わたし、元に戻ったのね）

元の、足のない魚と同じ、人魚に戻った。エリシアはそう信じていた。最後の記憶は、崖から飛び降りて、海に包まれたところで止まっている。だからここは、海なのだと思った。

人魚でいた時と同じ、肌を包む優しい水の気配。温かく、ふわふわと柔らかな感触。エリシアは酷く安堵して眠っていた。ランスロットのそばにいると、幸福すぎてつらかった。今は、何もない。

誰かに優しく髪を撫でられる気配がして、エリシアは首を竦《すく》めた。ランスロットの手のような気がした。

（だったらそれは、夢だわ）

自分はまた、ランスロットから逃げてしまったのだから。エリシアの眦から、雫が一筋、流れ落ちた。

そうだ、逃げたのだ、と、やっとエリシアは自覚した。

愛しすぎていて、つらかった。

そばにいるとこの上なく幸福だけれど、不幸だった。

人間の命は永遠ではない。心はうつろう。

いずれ失われると確定している運命を、愛し続ける勇気が自分にはなかったのだとエリシアは認めた。

夢ならばいいだろうと、エリシアはその手に縋《すが》りついた。硬い指が、エリシアの手を握り返す。

エリシアはうっすらと目を開けた。目を開けて最初に見えたのは、金色の目だった。

「な……」

それが大好きな黒い眸ではなかったことに、エリシアは驚いて飛び起きた。エリシアの躰を包んでいたのは海ではなく、上質な毛でできた毛布だったし、そこは当然海の中ではなく、天蓋《てんがい》のついた貴人の寝台の上だった。

（ここは……）

呆然とするエリシアに金の眸の持ち主が言った。

「なんだ。もう起きたのか」

金の眸のフェンリル王は、銀杯に赤い液体を注ぎながら、面白そうにエリシアを眺めた。

エリシアにとってその光景は、悪夢の続きでしかない。

そこはまさに今、夢で再現されていた、フェンリル王の居室だった。どうして、とエリシアの唇が震える。

エリシアの心を読んだかのように、フェンリル王が言った。

「手の者に見張らせていたのに気づかなかったか？　おまえに姿を消されては、困るからな」

（よりにもよって、この男に助けられるなんて……）

最悪だ、とエリシアは我が身の不運を呪った。が、記憶を取り戻したエリシアには、もう怖いものはなかった。

「結果的には、約束通りになったということでしょう。わたしがここに来たからには、兵を引いてよ」

「ああ、引いてやる。元老どもの領地からはな」

「な……」

即答されて、エリシアは顔色を変えた。元老の領地だけ兵を引いてもらっても、意味がない。得をするのは元老だけだ。

「最初から、そのつもりだったの!?」

「黒髪の小僧は気づいていただろうよ。それを城から逃げたのはおまえだ」

言われてエリシアには返す言葉もない。

(わたしに、勇気がなかったから……)

自分が信じられないから、ランスロットのそばにいられなかった。そのことが今、途轍もなくエリシアは悔しかった。

フェンリル王の手が、再びエリシアの頬に伸びてくる。エリシアははっとしてそれを振り払った。

「触らないで！」

自分に触れていいのは、ランスロットだけだ。言外にエリシアはそう叫んでいた。それがますます、フェンリル王の歓心を買うだけだとも知らずに。

「ひ……っ」

ランスロットも強引だったが、フェンリル王の強引さはまた別のものだった。鎖のように強い腕で縛り付けられ、エリシアはベッドに押さえつけられる。

「おまえは寝顔のほうが可愛い。いっそ永眠するか」

巫山戯《ふざけ》た口調で、フェンリル王はエリシアの首に手をかける。それでもエリシアは、きつい視線を彼から外さない。

フェンリル王の口元が、不穏な形を作った。

長い夜の始まりだった。


「う……く……」

王の寝室に、あえかな声が響く。懸命に押し殺した声だ。

エリシアの肉体には今、茨の蔓《つる》が蛇のように絡みついていた。無数の棘《とげ》が、白い肌に突き刺さる。

「あうっ……！」

フェンリル王の手で蔓を引かれ、また新たな傷がエリシアの肌に刻まれる。深い傷にはならないが、掠《かす》り傷だらけにはなる。王は、致命傷を与えない絶妙の強さで人を嬲ることに長《た》けていた。

「い……あっ……」

堪らぬ痛みにエリシアが涙を浮かべると、フェンリル王はそれを舌で掬《すく》った。

「いいぞ。もっと泣け」

嫌だ、と首を振っても、涙は止まらない。

流れ出す血も、フェンリル王に搾取される。

「人魚の涙は、長命の妙薬、甘露だ。その血肉も、愛液も」

言いながらフェンリル王は、立ったまま梁《はり》に吊されているエリシアの前に跪いた。

そして。

「ああァッ……！」

秘部に、長い舌を差し伸べられて、エリシアは身を捩った。すでに裸に剝かれているエリシアの肌を隠してくれるものは、何もない。

「あぅ……ン……ひ……っ」

愛液を搾るための蠢きは、淫猥《いんわい》すぎた。ぬるぬると秘唇の奥を舐め回され、快楽のスイッチのように膨らんでいる雌芯を舌で包まれ、エリシアの肉体は少しも自分の意に染まらぬようになっていく。

「あの時は逃げられたが、もうそんな愚は犯さぬ」

エリシアの腰を両手で摑んで、フェンリル王はその金色の瞳でエリシアを見上げた。

「どうだ、人魚姫。少しは心変わりもしたか」

「んんぅっ……ひぃぃっ……！」

舌だけでなく、指も膣内に侵入してくる。狭い媚肉の中の、感じる部分をぬりゅりゅぬゅと探られて、エリシアは涙を飛び散らせた。

「俺の指と舌で何度気をやった？　そろそろ我が雄蕊が欲しいだろう」

「い……ゃ……っ」

泣きながら、それでも人魚姫は屈しない。

「あなた、は、卑怯……者、だわ……」

「何？」

卑怯者という誹《そし》りに、初めてフェンリル王が反応を示す。快楽の責め苦に喘ぎながら、それでもエリシアは言った。

「ランス、ロット、は……わたし、の、血を、民に、……ッ……分け、与えようと、したもの……！」

ランスロットは、王だった。

エリシアが初めて見た、人間の王だ。

「あなた……王、なのに……ッ……全部、独り占め、する、の……？」

「おかしなことを言う」

心底不思議だという顔を、フェンリル王はした。

「民は王の手足だ。頭をなくして動く生き物などおるまい」

「違、ぅ……ッ……民が、いな、ければ……っ……王は、王で、いられ、ない……！」

息も絶え絶えに、それでもエリシアは王に告げた。それはエリシアが、ランスロットから感じ取ったことだった。

独りぼっちの王に、何ができるのか。

その問いに、フェンリル王はふと嗤った。

「相変わらず気の強い。だが、是が非でも愛してもらわねば困る」

人魚姫に愛された王は、不老不死を約束される。だから彼は、ここまでエリシアを辱《はずかし》めても、犯さない。『上書き』には効果がないどころか、決定的に人魚姫の不興を買えば、余計に望むものが遠くなることだけがフェンリル王を縛り付け、エリシアを犯させなかった。

「愛していると言え。人魚姫」

「あぐぅうっ！」

陰核を抓《つね》られながら乳首に歯を立てられて、エリシアの喘ぎが深くなる。

「愛してもらわねば、肉を喰ろうても不老不死にはなれぬと言っただろう。難儀なことだ。それさえなければ、この愛くるしい蜜孔をすぐにでも我がもので犯してやれたのに」

「ン、ひぃぃいっ！　やだ……嫌ッ、やめ、てぇえっ……！」

膣肉に入れられる指が、三本に増やされる。フェンリル王の指は長い。子宮まで犯されそうで、エリシアは恐ろしかった。

「どうだ、小僧の逸物はここをこすってくれたか？」

「ふあ……あぁっ……」

子宮口の手前を弄られるたびにエリシアが甘い声で啼くのが、フェンリル王の嫉妬心をさらに煽ったようだった。

淫虐が、さらに激しさを増す。

「そうか、散々可愛がられたか。だが、これからはもっと佳《よ》くしてやるぞ。俺の手で啼き狂え！」

「ンぁぁぁぅっ！」

人魚姫を犯せないフェンリル王は、その腹いせとばかりに指をすべてエリシアの中に入れようとした。

膣孔が拡げられていく苦しみに、エリシアは啼き喘ぐ。

「も、もぉ、やめ、ぇぇっ……！　む、り……に、しな、ぃでぇぇ……！」

「この世の享楽のすべてを与えてやるぞ。花と宝石にうずもれる暮らしはどうだ。深海には珊瑚しかないだろう」

「あ……あぁぁ……ッ」

恐ろしく大きいと感じた武人の拳が、エリシアの中に潜りこんでこようとしていた。

ランスロットのものがかなり大きかったせいで、エリシアのそこはすっかり淫《みだ》らに肉を受け容れてしまう。

「狂っ……ひゃ……ぅ……も。もぉっ……狂……っ」

「いいぞ、狂ってくれれば好都合だ。肉人形として愛してやろう」

「うぅ……あぁ……っ」

ぬぽ……と愛液の糸を引いて拳が抜かれる。目を閉じて、エリシアは少しだけ気を失っていた。次に目を覚ましたのは、性器ではないはずの孔に太い何かを入れられた時だ。

「ひ、ァアッ!?」

あまりにのショックに、エリシアの躰がびくんと跳《は》ねる。尻と膣孔の両方に、何か硬いものが入っていた。エリシアの知っている、血の通ったものではない。冷たい無機物だ。

それは、男根を模して作られた、張り型だった。フェンリル王は、茨で傷ついたエリシアの胸に、とろりと濃い蜜のような液体を垂らしていた。傾く瓶の色は紫色だ。

「この薬は病みつきになる。強情な姫君を孕《はら》ませるのに使う薬だ。人魚姫にはどの程度効くかな」

「あ、ぐ、ぅっ、あぁ……っ!」

薬にまみれた手で乳首を捏《こ》ねられ、エリシアは腰をくねらせる。

「尻の孔にも塗りこんでやるぞ。ほら、どうだ」

熱くおぞましい指で、秘唇と窄《すぼ》まりが同時に抉られる。

「あ、嫌、ぁぁっ……！」

張り型で拡げられた二つの孔の真ん中、会陰の部分までもコリコリと押されて、エリシアは失禁したように蜜を漏らした。

「あぁっ……な、な、に……っ？」

ぞくりと、胎の中で何かが蠢いた。それは確かに無機物だったはずなのに、動いたのだ。

（お腹の中で、何かが……っ）

エリシアの二つ孔の中で、触手のようなものが這い回っていた。

張り型は無機物ではなく、魔術によるものだったのだと気づいて、エリシアは絶望した。

「ど、して……人間……が、魔、術……」

「三百年も生きればな、それなりに知己も増えるというものよ」

限りなく魔物に近いフェンリル王は、異形の生き物さえ操ってエリシアを嬲った。

触手はエリシアの胎内の、媚肉に甘く吸いついた。

「ふぉ、ぁっ、うぁぁぁっン！」

細くぬめるそれは痛みは与えてこない。

あるのはただ、終わりのない淫獄だけだ。

「い、嫌ああっ……！　胎内《なか》、舐め、な、ぃでぇぇ……っ！」

「何日保つか賭けるか？　人魚姫」

言葉通り、三日三晩嬲られても、エリシアは屈しなかった。四日目の朝、遂にフェンリル王が言った。

「ならばあの小僧の首、銀の皿に乗せておまえの前に供えよう」

エリシアはそれを、遠い世界の出来事のように聞いていた。

「如何に不老不死とはいえ、首を切られれば生きられぬ。おまえのその想い、この手で断ち切ってくれる」

◆◇◆

岸壁の下には突風が吹いていた。極北の海から吹きつける風だ。

切り立った崖の下に突如現れた、緑の平野。一騎打ちの場所に、そこを指定したのは、フェンリル王だった。

海からはクロスアティアの軍艦が、山からはフェンリルの戦車がそれぞれ砲身を向け合う、その真ん中で二人の王は対峙《たいじ》していた。双方、睨み合いの時がかれこれ半刻も続いている。

エリシアは、茨の蔓で全身を縛められ、フェンリル側の陣営で輿に座らせられていた。遠くからでもランスロットの姿は見える。

彼の姿を見た途端、エリシアは叫んでしまった。

「ランスロット！　兵を引いて逃げて！」

聞こえているのかいないのか、ランスロットはただ、フェンリル王だけを見据えている。平時と変わらぬ無表情ではあったが、その眸が怒りに燃えているのはわかった。

「その茨の蔓は藻掻《もが》くほど食い込み、おまえの白い肌を裂くぞ。くれぐれも大人しくしていることだな」

エリシアの頬をぞろりと撫でて、フェンリル王は勝ち誇った。

「なぜ我ら両国がいつまでも雌雄を決せられなかったかわかるか？　全軍を投入すれば、双方全滅必至だったからよ。兵の数も武力も地勢も、見事に拮抗しておったからな」

「く……ッ」

エリシアはなんとか茨の蔓から逃れられないものかと身を捩ったが、動けば動くほど棘は深く肌に食い込む。

「心配するな、罠など張ってはおらぬ。双方ともに軍艦と戦車を出している。ここで撃ち合えば、どちらも被害甚大の大戦になるからな」

フェンリル王の言葉に嘘はなさそうだった。たとえランスロットを罠に嵌めて殺しても、クロスアティアは大軍を配備している。副官として、キルヒミルドが出陣している姿も見える。

クロスアティアとフェンリル、双方が殲滅《せんめつ》戦に雪崩れ込まないために、ランスロットは一騎打ちの形を受け容れたのだろう。

独裁専政を敷いているフェンリルとは違い、クロスアティアは元老院の力が強い。元老たちにすれば、一騎打ちでランスロットが死んでくれれば、その後に王位継承争いで国内が混乱したとしても、彼らにとっては好都合であるはずだ。

現状、エリシアが心配しなければならないのは、ランスロットがフェンリル王に殺されることだけではない。背中から撃たれる危険だって、充分にある。だからエリシアは、ランスロットに逃げて欲しかった。たとえそれが、届かぬ願いだと知っていてもだ。

エリシアの思惑とは裏腹に、事態は転がっていく。ランスロットとフェンリル王は騎士の倣《なら》いに従い、名乗りをあげた後に剣を交え始めた。

エリシアの口から、悲鳴にも似た息が漏れた。

剣戟《けんげき》の音が、耳を刺す。それは人を殺すための音だ。殺気が、エリシアの胸に突き刺さる。

ランスロットの剣先が、フェンリル王の髪を薙《な》ぎ払う。銀の髪が針のように細かく風に乗って舞い散る。フェンリル王の剣が、ランスロットの首を狙い、突きを放つ。切っ先はランスロットの頬を掠め、一筋の紅い線を描いた。剣戟は半刻も鳴りやむことなく続く。見守る両軍兵士の群れから、何度も歓声と嘆息が交互に響く。

「やっちまえ！　狼野郎をぶっ殺せ！」

「クロスアティアの若造が、いい気になるなよ！」

双方、致命傷は負うことなく、少しずつ傷を増やしていく。どちらもまだ息は上がっていない。エリシアは思った。

（フェンリル王は人魚の肉を喰らった怪物なのよ。なのに互角ということは、本当はランスロットのほうがずっと強いのに！）

どうして人魚などというものが、この世にいるのだろう。人間になりたいと、エリシアは今また改めて願った。人魚などというものがいるから、フェンリル王のような怪物じみた欲望の持ち主が生まれるのだ、と。

伯仲する勝負の均衡を崩したのは、二筋の矢だった。ランスロットとフェンリル王、二人が同時にぶつかり合い、蹈鞴《たたら》を踏んだ時、それは放たれた。

あっ、とエリシアの口から声が漏れる。矢は、クロスアティアとフェンリル、両方の陣営から放たれた。それも、両方の王を狙って。

二人の王は同じ速さで、矢を剣で叩き落とした。両軍から安堵と失望の声が響く。

フェンリル王が、ランスロットを見て嗤った。

「英雄王は卑劣を好まぬと聞いていたが」

「貴様の卑劣さを信じていた」

ランスロットは恐らく、フェンリル側が矢を放ったらこちらも放てと言いつけておいたのだろう。裏をかかれたフェンリル王は、ランスロットを挑発しにかかった。

「さようか。ならばこちらも、やりやすいな。何せ、ただ貴公の首を刎ねるだけでは済まぬ。あの意固地な人魚姫に愛してもらわねばならぬ」

間合いを詰めながら、ランスロットは彼の言葉を無視する。

「人魚の雌孔は、心地よかったぞ。堅物で名高いクロスアティア王ランスロット殿が溺れるわけよの」

「嘘よ！　ランスロット！」

ランスロットに聞こえるように、エリシアは精一杯叫ぶ。

「人魚姫は貴公を捨て、二度も我がもとへ身を差し出してきたぞ。それが何を意味するか、わからぬ貴公ではなかろう」

違う、捨てたのではないと、エリシアは叫ぼうとしたが言葉にはならなかった。実際に、ランスロットのそばから逃げたのは自分だ。

ランスロットの表情に変化はない。ただ淡々と、剣戟を放ち続けている。

（わたしも、ランスロットみたいに、強かったら……）

ランスロットのように何事にも動じない心があったら、二度も逃げ出さなくて済んだ。結果的にランスロットを、こんなふうに追い詰めなくて済んだ。

「く……ッ」

エリシアは何か憑かれたように、後ろ手に縛られた腕を動かした。見張りの兵が、そんなエリシアを呆れた顔で見下ろす。

「おい、そんなに暴れたら腕がずたずたになるぞ」

「放っておけ。いくら美しくても、人魚なんて化け物じゃねーか。血が滴ったら俺ら

で少し頂いてもいいだろう」

フェンリル王の強さの秘密が人魚の血肉であることを知った兵たちは、エリシアが自分自身を傷つけることを見逃した。誰だって努力せず、他者の血肉を啜るだけで強くなれるのならそうしたかった。

（ランスロットは、そんなこと、しなかったわ……！）

彼は人間として、人間のまま強くなった。エリシアは、そういうランスロットが好きなのだ。

エリシアが藻掻くたびに、棘はエリシアの皮膚を裂いていく。その時エリシアは、見知った顔の男がこちらに、矢を向けているのに気づいた。

（キルヒミルド……⁉）

なぜランスロットの腹心である彼が自分に矢を向けるのか、エリシアは一瞬恐怖に駆られた。彼が自分を快く思っていないことは知っている。

が、同時にエリシアは、キルヒミルドの忠誠心も知っていた。彼が、ランスロットを裏切って、今ここで自分を射るとはとても思えなかった。

エリシアは、藻掻くふりをして後ろ手に縛られている両手をキルヒミルドのいる側へ向けた。それは賭けだった。

斯くして矢は再び放たれた。今度は、エリシアに向かって。そのことに真っ先に気づいたのは、激しい鍔迫《つばぜ》り合いを続けていた二人の王だ。が、如何に彼らが超人的とはいえ、遠く離れているエリシアに向かって放たれた矢を薙ぎ払うことは不可能だった。凡人である見張りの兵に至っては、矢が放たれたことに気づくこと自体、感じ取るのに時間を要していた。

矢は、エリシアの体を貫かなかった。エリシアは、キルヒミルドが狙いやすい、絶妙の角度で両腕を差し出していた。キルヒミルドはその期待に応えた。

ブチッ、と小気味いい音をたてて、茨の蔓が矢で切断され、弾け飛ぶ。

矢は同時にエリシアの手首をも傷つけたが、そんなのはエリシアにとって些細《ささい》な問題だった。

「ランスロット！」

エリシアはランスロットに向かって走った。他には何も見えていなかった。

「わたしのすべてを、あなたに――――！」

その時、海から突風が吹いた。まるで竜巻のような激しい風だった。風塵に混じって、血の粒が舞う。

突風に運ばれた血の粒は、まるで狙い澄ましたかのようにランスロットにだけ降り注ぎ、彼の剣を濡らした。人魚の血を纏った剣で、ランスロットはフェンリルを肩から袈裟《けさ》がけに斬った。

音のような咆吼《ほうこう》とともに、フェンリル王が後ろに飛び退く。それを合図としたかのように、丘陵に居並ぶフェンリル側の戦車、その砲身が火を噴く。ほぼ同時に、海上に並ぶクロスアティア側の軍艦からも砲弾が飛ぶ。

戦火と硝煙の中で、フェンリル王は姿を消した。致命傷を与えられたかどうかは、わからなかった。

「エリシア！」

声のするほうへ、エリシアは奔《はし》る。目を閉じていたって彼の居場所ならわかった。彼の声がするほう。そこがエリシアの辿り着く場所だ。

ランスロットは、自分に向かって駆けてきたエリシアを胸に抱いて高らかに宣言した。

「我が妃だ！」

9　本物の蜜月

海岸で勃発したクロスアティア軍とフェンリル軍の砲撃戦は、最終決戦とはならなかった。

が、フェンリル王の指揮をなくして撤退していく戦車隊は、クロスアティアの軍艦による追撃を受けて、大打撃を蒙《こうむ》った。これにより永らく拮抗していた両国の軍事バランスは、クロスアティア側に有利に傾いた。

フェンリル王を仕留めることはできなかったものの、クロスアティアは戦勝ムードに沸き、それを助けたエリシアが王妃になることに反対する者は表向き、いなくなった。

束の間の平和に包まれた城の寝所で、エリシアはしゅんとしおれていた。

「ごめんなさい……」

体中のあちこちに包帯を巻いているランスロットは、黙って本を読んでいる。あの戦乱の後は慌ただしくて、ろくに話もできなかった。

あれから口をきいてくれないランスロットと、エリシアは今日、やっと二人きりになれた。

「勝手なことをして、ごめんなさい」

ランスロットは返事をしない。本から目を上げることさえしてくれない。その冷たさに、エリシアは泣きたくなってしまう。

「許して、くれる……？」

ベッドに足を投げ出しているランスロットの膝に、エリシアは自分からよじ登り、上目遣いでそう聞いた。するとランスロットは、やっと視線をエリシアに向けてくれた。

「おまえは、狡《ずる》い」

困っているような、そうでもないような、そういう口振りだった。

「俺がおまえの虜だとわかっていて、いつでも俺を試す」

「そんな、こと……そんな魔法、わたし、使えない……」

ランスロットを虜にするような魔法なんて、エリシアは知らない。初めてランスロットに出会った時、彼は忠誠を誓うと言ってくれたが、あんなのは口約束だ。

「ごめんなさい」

再度謝るエリシアの腰を抱いて、ランスロットは憮然と答えた。

「駄目だ」

「どうしたら、許してくれる？」

少し考えて、ランスロットが言った。その口元は、少し笑っているようだった。

「キスを」

言われるままに、エリシアは彼の首に腕を回し、顔を傾け、キスをした。今までのエリシアだったら絶対しないような、甘い口づけだった。

「う……ン……ッ」

舌が、エリシアの口腔をまさぐる。ドレスのスカートに手を差し込まれ、下着を剝《は》ぎ取られても、エリシアは抗《あらが》わない。

そのまま両膝を抱えられて押し倒され、足を開かされた時、初めてエリシアはあえかな抵抗をした。

「あ、嫌……っ」

「『嫌』は禁止だ」

「んん……っ」

まだ明るい窓の外から、陽光が差しこんできている。明るい場所で、秘められた部分を暴かれるのは恥ずかしかった。

「恥ず……か、し……」

「恥ずかしがるのも駄目だ」

「う……」

全部禁止されて、エリシアは少しだけ涙ぐむ。

ランスロットの指がゆっくりと、エリシアの蜜孔を拡げた。キスしただけで、エリシアのそこは濡れてしまっていた。

(あ……見られて、る……)

ランスロットの視線を、花弁の中にまで感じて、エリシアの躰は熱くなる。ランスロットは指先でその蜜を掬うと、エリシアの蜜孔を縦になぞった。その下に秘めやかに息づいている窄まりに指を当てられて、エリシアの唇が薄く開く。

指が、両孔をくちくちと弄り始める。

「あァ……ッ……両、方……弄っ、ちゃ……や……っ」

「正直に言え。フェンリル王には、抱かれたのか」

「ん……」

恥ずかしさに身を捩りながら、エリシアは首を振る。焦《じ》れったかった。本当は、早くランスロットに抱いて欲しかった。が、ランスロットのほうは、エリシアから真実を聞き出すつもりらしい。

「きゃぅっ……！」

肉粒をつままれ、二つの淫孔を指でまさぐられて、エリシアは告白した。

「そこ……指で……ひゃ、んっ……！」

雌芯はランスロットの指に挟まれ、すぐに尖った。欲しくて堪らないというように、花弁がヒクついている。

「あ……ァ……唇、と、舌、で、も……」

思い出したくもないことを思い起こさせられて、エリシアは涙を零す。

「い、いっぱい、されて……嫌、だった、の……っ」

フェンリル王には犯されはしなかったが、散々に嬲られた。

「い、嫌、なの、に……わたし……っ」

感じてしまった。エリシアの肉体は、ランスロットに恋をして以来、途轍もなく淫らになってしまっていた。

「ら……ラン、スロット、じゃ、なきゃ、嫌、なの……に……っ」

「……わかった。もう怒らない」

しゃくりあげるエリシアの様子を見て、ランスロットはやっとエリシアを許したようだった。

「俺の言葉が少なすぎた。――――――――――――――――すまなかった」

「違、ぅ……っ」

髪を撫でられて、エリシアはますます泣きたくなる。ランスロットは何も悪くなかったのに。自分が勝手に動いたせいで、ランスロットを困らせたのに、と。

泣いているエリシアに、ランスロットは暫し、あやすようなキスをした。涙を唇で拭《ぬぐ》われて、エリシアも少しずつ泣きやんでいく。

エリシアが泣きやむのを待っていたように、ランスロットは悪戯っぽく言った。

「でも、お仕置きは必要だな」

「ン……」

蜜口を指で捉えられたまま軽いキスをされ、エリシアはそれだけで達しそうなほど感じてしまう。唇が離れた瞬間、エリシアは甘えるように告げる。

「意地悪、しない、で……」

「しないよ。痛いことはしたことないだろう」

「ち、違……痛い、んじゃ、なく……あ、ンッ……！」

エリシア自身の愛液でぬめる指先で、膨らんでしまっている雌芯を弄られて、エリシアは喘いだ。痛かったことはないが、ランスロットの行為は痛みよりエリシアを狂わせる。

「俺の顔を跨げ」

もう一度エリシアを自分の上に抱いて、ランスロットが命じた。

「全部差し出せ。全部だ」

「う…………ン……ッ」

言われるままエリシアは、恥ずかしい姿態を晒《さら》す。逆向きにランスロットの顔を跨ぎ、自身の顔はランスロットの太腿の間に伏せる。

ランスロットがズボンを下ろすと、雄々しいものが反り返るように飛び出して、エリシアの顔に触れた。

「その唇で俺のものを愛せ。以前はよくしていただろう」

「やぁ……っ」

なくしていた記憶を、エリシアは今やはっきりと取り戻している。自分がランスロットとどんなふうに愛し合っていたかも、思い出せる。

「ん、ン……」

エリシアは最初、遠慮がちに舌を差し出し、太い亀頭に触れた。舌先で触れた途端、エリシアの中で何かが弾けた。

(美味しい……)

久々に味わう、ランスロットの味。エリシアはそれに溺れていった。ぴちゃ……と舌を鳴らしてしゃぶり、口に含んで甘く吸う。

人魚の愛液は甘露というが、エリシアにとってはランスロットのものこそが甘露であった。

「ン……く、う……ん……っ」

甘い声を出しながら、エリシアは夢中で太い屹立を愛撫した。舌を差し出し、茎の部分を根元から舐め上げ、舐め下げ、亀頭は口に含んで特に念入りに舐め回す。白魚のような指を陰囊《いんのう》にまで絡ませて、何かをねだるようにふにふにと揉む。

「やぁ、ン……ッ！」

ランスロットの舌で、自分の恥部にも同じ事をされて、エリシアは可愛らしく啼いた。

「だめっ……できな、く、なっちゃ、うぅっ……！」

「何が？」

「ラ、ランス、ロット、の……飲めな、く、なっちゃ、ぅ……」

エリシアの淫らな言葉に、ランスロットは興奮したようだった。エリシアの目の前で、雄蕊がさらに大きさを増す。

「後で好きなだけ飲ませてやる」

言いながらランスロットは、先にエリシアの甘露を啜った。尖らせた舌で膣肉を舐め回され、陰核を弄られながらエリシアは達した。

「やぁっ……出し、て……口、に、欲し……ぃ……あぁぁっ！」

先にイかされて、エリシアは抗議の声を出す。手の中でどくどくと脈打っているものが、余計に愛しくなる。

「あぅ……ふ……ぅ……」

びくびくと腰を震わせながら、エリシアはまた執拗にランスロットのものをしゃぶり始める。淫らな行為のさなか、エリシアは不意に不安になり、彼に尋ねた。

「わたしは……あなたの、慰め、に、なれる……？」

「慰めなどではない」

エリシアを愛撫しながら、ランスロットは囁いた。

「おまえは、俺のすべてだ」

それを聞いた途端、エリシアの躰からかくんと力が抜ける。安心したようにエリシアは、行為を続ける。

「ん、ンンぅぅっ……！」

雄蕊を口でしゃぶる合間にも、エリシアの秘部は弄られ続ける。内壁をコリコリと指で擽られて、エリシアはまた達した。達しながらも必死でランスロットのものに吸いつくと、どくっ、と熱いものが先端から溢れ出してくる。エリシアは夢中でそれを啜った。

(ああ……口の中、熱い……)

うっとりと閉じた睫毛を震わせながら、エリシアはそれを味わった。感極まったように、ランスロットが言った。

「本当に、淫らだな……」

エリシアの口の中で、ランスロットのものが再び熱く硬くなり始める。一度射精しても、ランスロットのものはなかなか萎えない。

「お前がそんなふうだから、苛《いじ》めたくなる」

「あ……ごめ、なさ……っ」

責められたのだと思いエリシアは謝罪したが、ランスロットは責めてはいなかった。

「全部、俺のだ。俺の、人魚姫だ……」

憑かれたようにそう言って、ランスロットはエリシアの躰を再び下に組み敷いた。

そして。

「あんぅぅっ……！」

熱く蕩けた肉孔に、いきなり太いものを根元まで入れられて、エリシアのそこは歓喜に打ち震える。ぴっちりと密着させられたエリシアの恥部で、濡れた体毛がこすれ合うのが抗い難い刺激になった。

「だめぇ……っ……まだ、イッ、て……っ……中、が……あぁっ！」

エリシアはさっきから、断続的にずっと達していた。

ヒクヒクと震えながら達している最中の媚肉を、硬く太いもので抉られるのは、堪らなかった。

「あンッ！　あ、やぁ、ぁんっ……！」

エリシアの一番感じる部分、少しコリコリとしたそこに思う存分自身の張り詰めた切っ先をこすりつけてから、ランスロットはおもむろに自身を引き抜く。エリシアの口から、我知らず物足りなさそうな声が漏れる。

もっと、と視線でねだるエリシアに、ランスロットは再び入れようとした。但し、エリシアの期待とは違う部分に。

「あ、待っ、て、ひゃ、そ、こ……っ……うぁ、あぁぁんッ！」

「お仕置きだ。こちらの処女ももらうぞ」

さっき弄られて、すっかり濡れた肉孔と化している後孔に、太い亀頭がぬぐりと押しこまれる。エリシアは無意識に息を吐き、それを受け容れていた。

「あ……ぁぁ……お尻……なん、て……ひぁっ……だ、めぇっ……！」

拒絶する声は甘すぎて、ねだる声にしか聞こえない。エリシアの肉体はランスロットのすべてを受け容れていた。

「わ、わた、し……全、部、ランスロット、の……は、あぁ……ッン！」

喘ぐ合間に、エリシアは懸命に伝えた。今まで伝えられなかったことを。

「ランスロットの、もの、よ……」

告白した途端に唇が塞がれる。

「ンー……ン……ッ」

舌を絡ませ合いながら、ぬぐぬぐと激しくピストンされて、エリシアは唇を離し、叫んだ。

「あぁぁぁーっ……！　嫌っ……お、尻、灼け、ちゃぅぅっ……！」

エリシアの肉壺の隅々まで自分をこすりつけ、独占欲を満たした後に、ランスロットは再びエリシアの少女の部分に雄蕊を突き立てた。

「きゃひぃぃっ！」

最後に熱いものを子宮に浴びせられて、エリシアは幸福な微睡《まどろ》みへと墜ちていった。


その後、クロスアティアに於けるランスロット王の治世は一千年に及んだ。その傍

らには常に、銀の髪の王妃がいたという。

あとがき

　乙蜜ミルキィ文庫創刊一周年おめでとうございます！　一周年記念に呼んでいただけて嬉しいです。遅筆に拍車がかかって、二周年記念原稿とかにならなくてよかった……本当によかった……（初っ端から不吉なことを書くんじゃない）。小緑先生のキャラクターデザインを励みに執筆しました。小緑先生、素敵なイラストをありがとうございました。担当T様、毎日のよーに「ところでTLってキチ●●の脇役とか出しちゃダメでしょうか」とかわけのわからない相談に乗っていただき、ありがとうございましたっていうかすみませんでした……キチ●●ではないキャラクターを書くのが難しいというのが自分のテーマです。そんなテーマ別に自分でも要らないです……。ていうか人間は大体どこか一つは狂ってますよ！（話の規模を大きくして無関係な人を巻きこむ手法）。

　脇役のフェンリル王がいい感じに書きやすいキチ●●だったので、いつか機会があったらこういうキチ●●を主役に何か書きたいですね。ヒロインの人魚姫も最初、水死体からアクセサリーを剝ぎ取って来るのが趣味っていう設定があったんですけれど、途中で正気に戻ってその設定を削ってよかった。それは人魚姫じゃねえ、地獄の奪衣《だつえ》婆《ば》だ。と理性が叫んだ。担当さんも叫んだ。嘘だ叫んではいない、訥々と優しく電話で諭した。「それではTLというより本当は怖いナントカ童話になってしまいます」と悲しそうな声で。

なんとなく私の中で人魚姫というのは、水死体からアクセサリーを剝ぎ取って「わあ、これ素敵！」とか言ってそうなイメージだったんですけれど、私は何を読んで育ったのでしょうか。ってよくよく考えてみたら親がろくに本を買ってくれなくて、部屋に転がっている週刊ポス●とか読んで育ってるんですよ！「あぁ忘れられない、驚きの女体」とか「性の仰天事件簿」とかそんなもん読んで育ったら人魚姫を書こうとして地獄の奪衣婆を書いちゃうように決まってるじゃないですか！たった今理性を司る妖精さんから「生い立ちに対するやり場のない怒りをあとがきに書くんじゃない」と叱責がありました。重ねてお詫び申し上げます。意外と創作の役に立ってますよ、驚きの女体特集。「へぇ～ポルチオ性感帯の位置ってそこかあ」とか、結果的に驚きの英才教育として結実しました。副次的教育効果としてヤクザの抗争にも詳しくなりました。女体とヤクザがおっさん向け雑誌の二大人気特集です。びっくりするほど乙女じゃねえなという当たり前の事実に改めて打ち拉がれます。

今回のヒーロー、ランスロットは無口キャラだったので、言葉責めがしにくくて大変でした。ヒロインの人魚ちゃんは、危うくキチ●●に書かれる難を逃れ、立派なツンデレになりました。ツンデレが一番好きで書きやすいのですが、次は変化球で、大人しめの従順キャラとかも書いてみたいです。「こういうのが読みたい！　地獄の奪衣婆とか要らないから！」というようなご意見、ご感想、リクエストなどございましたら、ぜひ編集部までお寄せ下さい。「いや、わたしは地獄の奪衣婆とか結構好きですよ？」というようなご意見も歓迎致しますが、かといって乙蜜ミルキィ文庫で書くわけには……（心配しなくてもそんな意見はきっと来ない）。

それではまた、次の本でもお会いできたら幸いです。

二〇一四年秋

一枚しかない客用毛布によだれを垂らして眠る愛犬の背中を見つめながら

水戸　泉

乙蜜ミルキィ文庫をお買い上げいただきありがとうございます。
この本を読んでのご意見、ご感想をお待ちしております。
〒162-0825　東京都新宿区神楽坂6-46　ローベル神楽坂ビル5F
リブレ出版(株)内　編集部

リブレ出版WEBサイトでは、本書のアンケートを受け付けております。
サイトにアクセスし、TOPページの「アンケート」から該当アンケートを選択してください。
ご協力お待ちしております。

「リブレ出版WEBサイト」http://www.libre-pub.co.jp

乙蜜ミルキィ文庫

愛玩人魚姫

2014年11月14日　第1刷発行

著者 水戸　泉
©Izumi Mito 2014
発行者　太田歳子

発行所　リブレ出版株式会社
〒162-0825 東京都新宿区神楽坂6-46
ローベル神楽坂ビル
電 話　03-3235-7405(営業)
　　　03-3235-0317(編集)
FAX　03-3235-0342(営業)

印刷・製本　株式会社暁印刷

定価はカバーに明記してあります。この作品はフィクションです。実在の人物・団体・事件等とは一切関係ありません。また、乱丁・落丁本はおとりかえいたします。本書の一部、あるいは全部を無断で複製複写（コピー、スキャン、デジタル化等）、転載、上演、放送することは法律で特に規定されている場合を除き、著作権者・出版社の権利の侵害となるため、禁止します。本書を代行業者等の第三者に依頼してスキャンやデジタル化することは、たとえ個人や家庭内で利用する場合であっても一切認められておりません。

Printed in Japan　ISBN 978-4-7997-2449-1

乙蜜ミルキィ文庫

1年分の乙蜜ミルキィ文庫を
抽選で20名様にプレゼント!!

創刊1周年記念
プレゼントフェア♥

創刊1周年を記念して、2015年2月刊～2016年1月刊までの
1年間に発売される乙蜜ミルキィ文庫を毎回お届けいたします★

対象商品 乙蜜ミルキィ文庫 創刊1周年帯 がついている作品
（2014年11月刊2作品）

応募方法
① 対象商品の帯についている応募券(コピー不可)を切り取ってください。
② 本ページの裏についている応募用紙（コピー可）のすべての欄に、必要事項をご記入ください。
③ ②でご用意頂いた応募用紙に対象商品の帯についている応募券（コピー不可）を切り取ったものを貼ってください。
④ ハガキに応募用紙を貼り付け下記住所までお送りください。

応募締切 2015年1月15日(木) ※当日消印有効

宛先
〒162-0825
東京都新宿区神楽坂6-46　ローベル神楽坂ビル4F
リブレ出版（株）「乙蜜ミルキィ文庫創刊1周年」係

※応募券はコピー不可。
※応募者多数の場合は、抽選とさせていただきます。
※賞品について、譲渡・転売しないことを応募・当選の条件とします。
※郵便ハガキ代(52円)はご負担ください。
※当選者の発表は発送をもって代えさせていただきます。
※お一人様何口でもご応募は可能ですが、応募は必ず1枚のハガキに1口でお願いします。
※個人情報はプレゼントの発送のみに利用し、発送完了後に弊社にて破棄いたします。
※賞品の1回目の発送は2015年2月を予定しております。

乙蜜ミルキィ文庫創刊1周年プレゼント応募用紙

※コピー可

キリトリ線

〈読者アンケート〉当てはまる内容に丸をお付けください

【1】乙蜜ミルキィ文庫以外に良く読まれる文庫レーベル（複数回答可）
a.ヴァニラ文庫　b.オパール文庫　c.シフォン文庫　d.ソーニャ文庫
e.ティアラ文庫　f.ノーチェブックス　g.蜜猫文庫　h.ロイヤルキス文庫

【2】お好きなジャンル・ストーリー（複数回答可）
a.西洋もの　b.中華もの　c.和もの　d.アラブもの　e.現代もの
f.ファンタジー　g.ハードなH（調教、SM、複数プレイなど）

【3】小説を買うときの決め手（おひとつのみ）
a.作者　b.イラスト　c.タイトル　d.あらすじ　e.特典
f.店頭で読んで決める　g.その他（　　　　　　　　　　）

【4】どこで小説についての情報を収集していますか？
a.書店店頭　b.ネット　c.Twitter　d.クチコミ
f.その他（　　　　　　　　　　）

【5】求める主人公の年齢は
a.10代　b.20代前半　c.20代後半　d.それ以上

【6】好きな作家（　　　　　　　　　　）

【7】好きなイラストレーター（　　　　　　　　　　）

【8】作品の感想

〒□□□-□□□□　都道府県

住所

フリガナ

氏名

年齢

電話番号

こちらに応募券を貼ってください➡　乙蜜ミルキィ文庫

M